U0130858

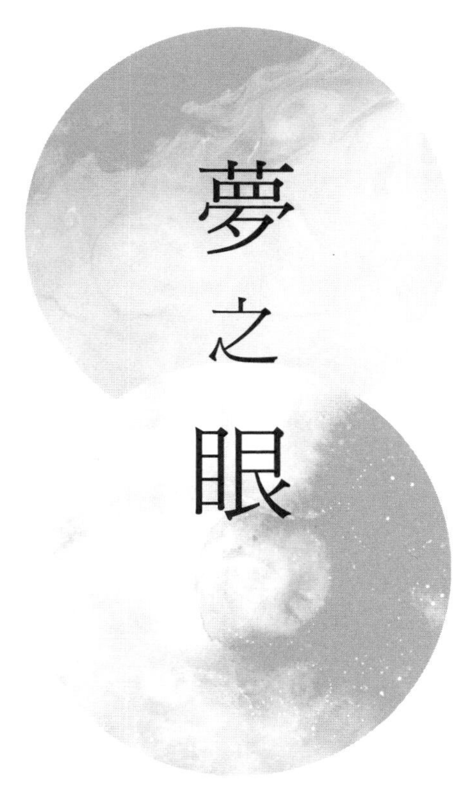

夢之眼

朱和之 著

目錄

第 1 章

請把你的夢賣給我

回想起來，這是我做過最有價值的一個夢。所謂價值具體來說是五萬元，雖然聽來不多，而且我後來也做過許多賣了更好價錢的夢，但它開啟了我的賣夢事業，幾乎改變我的一生。

照理說，我已經把這個夢賣掉，不該記得任何內容，甚至連做過這個夢的印象都不會留下來。但由於某種緣故，現在它再次回到我的記憶之中，而且在經過擷取跟保存之後，鉅細靡遺地存在我的腦海裡。

我是在午睡時做了這個夢。一如往常，我在午休時很快吃完了飯，到停在河堤的車上睡午覺——說是河堤，其實是小溪整治過後的水泥河床邊緣，寬度剛好可容兩輛車通行。這段河堤尾巴是死路，沒畫紅線，附近的上班族會把車停在這裡。

二十年前我還在讀小學的時候，就曾經在報刊上看過批評「河川溝渠化」的整治方式，也就是將河床整個挖開，灌注成ㄩ字形的水泥溝渠，從此不再有土壤、水草和岩石縫隙，原生物種當然遭到全滅，事實上等於奪走河流的生命。我一直以為，在即將邁入二〇二〇年代的今天，臺灣的自然保育觀念應該有些微的進步才是，然而這條小溪卻是到最近才被這種愚蠢的方法「整治」完成。

無論如何，我卻因此得到一處睡午覺的好地方。河堤外就是關渡平原，擁有臺北市內碩果僅存的稻田。盛夏時節停在豔陽下的車子等同一具烤箱，待在裡頭等於烤肉。但然而草地上的球實在太快了，而且進入決賽圈的場地，經過球員們數日來的激烈踩踏之後變得土壤裸露、凹凸不平，使得球的彈跳增加許多變數。這時費德勒將球打到右邊底線，我眼看追不上卻仍拚命衝過去，無論如何想要救到這顆球。場地忽然變成紅土，球在觸地的瞬間頓了一頓大為減速，我靠著一個滑步，發出納達爾式的呻吟撥腕一勾，形成一個穿越球。費德勒沒料到會有這番變化，竟來不及反應，任球從他身旁穿過。

他露出招牌微笑，高舉球拍鼓掌稱讚我的表現。

我們繼續打球，兩面球拍充滿節奏地發出啵、啵的聲音。我們對抽越來越快，聲音也越來越急。

啵！啵！啵！

費德勒不斷打我的反拍，啵啵聲在我左耳邊迴盪著。

啵！啵！啵！

●

啪！啪！啪！

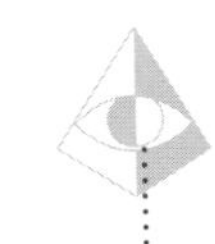

左邊不斷傳來拍打聲，頑固而執拗，好像睡覺時有個硬物壓在後腰上令人難過。我睜眼醒來，想起自己躺在放倒的駕駛座上午睡，夢境瞬間消退，感覺很不舒服。

啪！啪！啪！

我抬頭一看，有個戴圓框眼鏡、留落腮鬍渣，身穿黑色圓領衫的男人用手掌拍打車窗。我嚇了一跳，把車窗捲下十公分，不悅地問：「有什麼事嗎？」

「請把你的夢賣給我。」他語調平實而懇切地說。

「什麼？」

「我等這一天很久了。」他雙掌交疊，帶著一種踏破鐵鞋、歷盡風霜後的沉鬱低回，「每隔一段時間，都會有一個不世出的夢者，為我們帶來革命性的好夢。你剛才的夢就有這樣的潛質，真實、美好、純粹，令人感動。」

幹，拄著痟的！我心下暗想在荒僻的河堤上睡覺還是太危險了，右手下意識地伸出去轉動鑰匙發動引擎，想趕緊離開。

「等一下，請你別走！」他稍微提高聲音，「我出兩萬五！」

我捲上車窗，打進D檔，放下手煞車，正要踩油門時，他一手拍在引擎蓋上，帶著無比堅毅的決心說：「三萬五！我絕不能讓這麼完美的夢境眼睜睜從我眼前跑掉！」

「你到底在說什麼？」

「就是剛才那個和費德勒打網球的夢，我等了很久才找到這種等級的好夢！」

費德勒？

我整個傻了，一度飄散無蹤的夢境再次跑出來，連夢中的觸感和心情都非常清楚。

「看來你終於明白了。」他站直身子把衣服拉扯整齊，「就用五萬塊賣給我吧，對於初次洽購的夢境，五萬已經是我權限內的最高價格了。」

「你怎麼知道我剛剛做了什麼夢？」我訝異之餘更覺得有點毛骨悚然。

「先別說這個，你的夢已經開始消散，解析度降低就不值錢了，快開門！」他不知從哪裡掏出一頂白色安全帽托在手上，渾身散發著戰鬥氣息，彷彿在傷停補時期間企圖力挽狂瀾的頂尖球員，專注而冷靜。

我不知怎麼照著他的話應聲打開車門，他俐落地把安全帽罩在我頭上，按了幾個按鈕，我耳邊瞬間「嚶！」地響起一陣高頻噪音，但也沒有任何不舒服的感覺。

「趕上了。」他把安全帽拔起，轉了轉後面的旋鈕，就有一顆紅白兩色的膠囊掉出來，簡直跟轉扭蛋一樣。他右手戴上一隻全新的白色手套，捏起膠囊放進一個像濃縮咖啡機的儀器裡，檢視屏幕上的數據，滿意地道：「清晰度很高，擷取得很完美。」

「這是什麼？」我好奇地問。

「生物神經網絡儲存裝置BNND。」他掐起那顆膠囊向我展示。

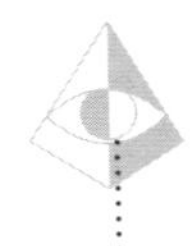

「裡面存了什麼?」我很自然地伸手想去拿那顆膠囊。

他警覺地縮手，把膠囊裝進一個精巧的小玻璃瓶裡，淡淡地道:「裡面是你的夢。」

「什麼夢?」這時我才發覺，自己完全不記得剛才做了什麼夢。

「和費德勒打網球的夢。這個夢不僅營造出費天王細膩的球感，自己也跑動揮擊得很過癮，而且還在硬地、草地和紅土三種場地上進行，真實度很高，是絕佳的體驗型夢境，市場上很搶手。」他初次露出笑容，「尤其是救球時那聲納達爾式的叫喊，非常有幽默感，客戶一定愛死了。」

費德勒?納達爾?我一點印象也沒有。

他把那頂「安全帽」折疊成一小片，收進口袋裡，同時遞來一張名片:「抱歉剛才太過緊急，所以還沒自我介紹。我叫莫費思，請多多指教。」

我接過一看，紙質絕佳的純白美術紙上只用打凸的方式刻著「DreamEyes 莫費思」幾個字，其他什麼資訊都沒有。正感疑惑間，莫費思已掏出一疊千元大鈔，如同點鈔機般飛快地在鈔票側邊理過一遍，然後恭敬地雙手交給我:「這裡是五萬元，請你點一下。」

「沒關係，不用點了。」我還在懵懂之中，順手接了過來。

「跟你合作非常愉快！」莫費思坐進旁邊另一輛頂上裝著不明探測器，類似估狗街景車的車子裡，隨即發動引擎。「對了，還有一件事。」他一腳踏出車外，慎重地說：「你有非凡的創造力，將來必定可以成為一個偉大的夢境藝術家。相信我們很快就會再見面！」

●

莫費思走了之後，我在河堤上坐了很久，看著眼前綠油油的稻田連抽了五根菸。

這裡的稻田一年兩穫，水稻生長的速度比想像的快很多。我經常一邊默默抽菸一邊看插秧機迅速地把秧苗插滿整塊田地。播種之初農人偶爾會噴點藥，但接下來好幾個月都不見人影，任由稻子自己長高，再轉黃結穗低下頭來。盛夏時農人會趁著一個好天氣來割一期稻，收割機沿著大片稻子的邊緣開過，剃頭般吃掉一道，讓人想起小學時觀察蠶寶寶吃桑葉的模樣。

蠶寶寶會邊吃桑葉邊從屁股排出一厘米立方的黑色大便，收割機則是把打下來的稻稈從車尾排泄在地上。總會有十幾隻鷺鷥跟在收割機後面搶食散落的穀粒，大部分是小白鷺，也有大白鷺或黃頭鷺，牠們像是被一條彈簧鍊子綁在車尾似地，當收割機走得遠

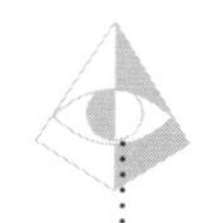

了，落後的幾隻就會拍拍翅膀小跑小飛幾步追上前去。

我喜歡這樣的情景，可以盯著看上老半天。但我永遠不記得兩次收割的具體時間，只是看田裡不斷反覆放水、抽苗、變綠、轉黃、收割，最後剩下一排排黑褐色的稻根和泥土。

也有幾次，不想回去上班的心情實在太過強烈，我還會走下河堤，踩著田埂或給水路的水泥溝邊漫無目的前進，看清澈的水流和無處不在的粉紅色福壽螺密集卵塊，偶爾也會充當正義魔人把幾團卵塊踢到水裡去。一回神時，自己往往已經走進五、六百公尺外的稻田深處，站在整片藍天和稻浪之間。

這個地方一開始是同事家豪帶我來的，我們常一起翹班抽菸。我曾疑惑這裡的農夫怎麼都這麼勤奮，住在臺北還繼續種田，沒一塊荒廢的。家豪深深吸了一口菸再從鼻子呼出，說很多地主拜託別人來種，因為田地荒廢的話地主就不能加農保和領老農津貼了。其實他們都在等地目變更，要是改成住商用地蓋大樓就賺翻了。我說希望政府千萬不要變更地目，不然我們就沒地方翹班抽菸了。

後來家豪生了兩個孩子，為此戒菸，甚至不再翹班，連午飯都用自備的便當解決，彷彿在座位上生根了似地。於是這裡就變成我獨自前來的場所。

然而剛才到底發生了什麼事呢？那個叫做莫費思的男人，用五萬元跟我買了夢，等於我一個月的薪水。我從口袋掏出那一疊簇新的千元大鈔，摸了摸浮水印，轉轉角度觀察防偽墨水的顏色變化，怎麼看都是真鈔。但我完全無法理解這一切，而且現在一點都想不起來剛才的夢境。照他的說法，我在夢中和費德勒打網球，還發出納達爾的喊叫聲……嘖，到底什麼跟什麼。

要不是有這疊鈔票，我可能會開始懷疑這一切根本沒有發生過。但夢是可以被提取買賣的嗎？莫費思怎麼會知道我做了夢，又怎麼願意用這麼高的價錢把夢買走？

●

莫費思給我的鈔票近乎全新但不連號，是行家的手法。起先我還擔心是假鈔，試著拿去便利商店買東西，又拿幾張混在其他鈔票裡存進銀行，結果都完全沒有問題，是貨真價實的新臺幣。

意外之財來得快去得也快，我還掉一半卡債，買幾本書，找家好餐廳敞開來吃了一頓，開了一瓶肖想很久但從來都買不起的巴羅羅紅酒，買了兩件襯衫（現有的衣服都已經穿了好幾年，甚至領口磨損了），順便幫車子做了大保養，換掉早就胎紋過平的四個輪胎。

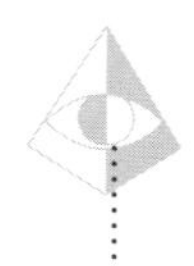

如此只剩下三百多塊零錢，我全部送給在西門町看到的一個流浪漢。他長得有點像《霹靂遊俠》的主角大衛．赫索霍夫，所以我擅自在心裡暗暗叫他李麥克。李麥克收下錢時顯得理所當然，只是嘴裡嘟囔了一下，似乎在說：「謝了，夥計。」但也可能是我聽錯了。

不久之後莫費思再次到河堤來找我。

這天我並沒有做夢，莫費思是專程來洽談的。他開著上次那輛古怪的街景車，穿著和上次一樣的衣服，開門見山說：「你上次的夢賣了一個好價格，我們內部評價很高，希望跟你長期合作。」

「你們到底是做什麼的，怎麼會知道我做了夢？」我問。

他指著車子說：「這是我們的偵夢車，只要有人正在做夢，我們就可以從他的腦波探測出來。」

「就靠這臺車？臺北這麼大，人這麼多，要怎麼測？」

「嚴格來說，是把每個人手機測到的腦波訊號放大、篩選，找出有潛力的夢者。等接近到一定距離，就可以直接把腦波放大觀看。」

「等一下，你說手機會傳腦波訊號給你們？」

「對啊，現在所有的智慧型手機都內建腦波偵測功能，你不知道嗎？」他顯得很詫異。

「怎麼可能！」我疑惑地把手機翻來翻去，沒想到它看似無辜的外表下卻藏了這麼邪惡的功能。

莫費思取出之前那頂安全帽，自信而篤定地說明：「這是我們DreamEyes最新版本的Dreamsphere X，是改變人類文明的偉大產品。」

「這是某種3D技術或VR（虛擬實境）嗎？」

莫費思淡淡一笑：「VR那種低階產品騙騙小孩子還可以。Dreamsphere採用的是美國軍方開發的尖端技術，被形容為外星科技，它直接對使用者的大腦進行深層互動，不僅可以提取夢境，也可以在腦內創造全方位的感官體驗。用說的很難解釋，請你直接試試看。」他把那頂有如F1賽車安全帽卻又更加具有時尚感的Dreamsphere遞給我，同時給我一顆寫著Official Introduction的膠囊讓我吞下。

我把Dreamsphere小心翼翼戴上，奇怪的是它的鏡片不透光，一戴上就陷入完全的黑暗。不，不僅是視覺消失，一瞬間全身感官都不見了，所有訊號都被切斷，彷彿靈魂出竅，再也無法感覺到自己的身體。

我還來不及驚恐，這時耳邊「嚶」地一響，忽然間五感全開，眼前閃耀起一片星辰，肌膚感覺溫煦和風吹過，鼻中聞到清雅花香。

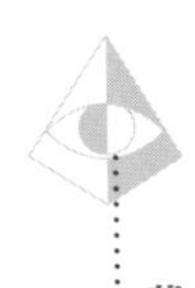

「歡迎來到『真實世界』。」耳際傳來摩根・費里曼的溫厚嗓音，「我們用眼睛張望這個世界，但人類的視覺並非從眼睛產生，而是由視覺皮質解讀眼睛傳來的訊號，加以組織成有意義的畫面。不僅視覺如此，聽覺、嗅覺和觸覺也都一樣。也就是說，人的所有感覺其實都在腦中發生。」

這時我覺得自己飛了起來，直入浩瀚宇宙，懸身在壯麗的銀河和星雲之上。就跟莫費思說的一樣，3D電影或VR什麼的都太假了，此刻我是**真的**處在宇宙中。

「很美妙的感覺，對吧，而且極度真實。人類目前為止的聲光娛樂，都是透過虛擬影像和聲音來欺騙我們的感官。不過大腦十分聰明，再怎麼擬真的效果都還是騙不了它。但如果我們直接在大腦裡面創造感覺會怎麼樣呢？沒錯，就是你現在體驗到的，全身全神的真實體驗。」

我忽然飛進一片熱帶叢林，巨大的葉片刮過我的臉龐，怪鳥啼叫喧囂刺耳，潮溼的泥土氣味直鑽腦門。忽然一陣大浪把我打進海洋深處，巨大的水壓使我不斷翻滾，無法看清眼前景象。當氣泡散去，一頭大翅鯨向我遊來，在我面前倏地轉身，用牠清澈的眼睛看著我。牠的瞳孔裡映著一片草原，而下一刻我已置身在那風光明媚的草地上，愉悅已極。

「眼睛、耳朵和皮膚等器官都會老化、受傷，感覺能力也會變得遲鈍。但如果不透過器官，由大腦直接作用來產生知覺，那將是最純粹的，比真實還要真實的感覺體驗。其實這樣的經驗人人都有，而且每天都在發生——是的，這就是我們的夢。」摩根．費里曼懇切地道，「體驗夢境，體驗最純粹真實的知覺，就在DreamEyes Dreamsphere X！」

我所有的感覺在一瞬間隨著一道光消失在遠方，意識短暫落入無邊黑洞，接著感官重新開啟，我又回到現實世界。

「你說得沒錯，這真是外星科技。」我難以置信地取下Dreamsphere仔細端詳，「有這玩意兒，別說電影電視走入歷史，人也可以不用再去實際做任何體驗，躺在家裡就行了，簡直跟《駭客任務》一樣。」

「離那一步還很遠。」莫費思微笑道，「目前的技術無法擷取人的清醒意識，只能提取夢境，也不能任意編輯剪接，更沒有辦法做到即時互動。你剛才的體驗，是把五個夢境銜接在一起連續播放，加上配音而已。」

「那也已經很了不起了，不過這到底是什麼原理？」

「簡單來說，是一種劃時代的全相位腦波掃描技術，能夠捕捉到極微小的腦神經元活動，並且以無失真的方式記錄下來。」

「那豈不就是讀心術了？」我覺得莫名可怕。

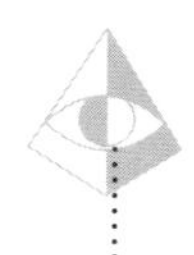

「這項技術起先確實是為了理解人的心智運作而進行的研究，但最後沒有成功發明讀心裝置，倒是衍生出讀夢的附產品。」

「這就怪了，無法讀心，卻能讀夢。」

「其實也不是完全不能讀心，大概能判讀個三、五分吧。但正如剛才影片裡面說的，人清醒時依靠感覺器官獲得訊息，可是感官老化會造成訊號失真，人腦中過度旺盛的雜念也嚴重干擾讀心——科學家們在這個研究中發現人的雜念真是多到不可思議，很容易受外界暗示又會自己胡亂發展，完全無法辨別真偽。但夢境只有精采與否，沒有真偽的問題，更重要的是，夢境中的一切訊號完全來自大腦內部，不會受到感覺器官鈍化的干擾，非常純粹。所以『夢之眼』就從一個失敗的研究變成了造福人群的美妙發明。」

「不管怎麼說，自己腦中的思緒能被機器提出來，感覺還是很恐怖。」

「所謂的『意識』，不過也就是神經元的放電狀態，而『記憶』則是神經叢連結的方式罷了。心靈就存在物質之中，將來科技發展到那一步，人類將不會再有秘密。」莫費思說這話時活像是主持新產品發表會的賈伯斯，樂觀而篤定。

「聽起來好機械化。這樣說來，人的思想和感情也都只是神經活動，沒有任何神秘性，只要研究到位，將來就能加以控制，好像《美麗新世界》裡服用蘇麻藥片來保持心情愉快一樣？」我覺得有些喪氣。

莫費思明快地說：「真有那麼一天，人類就不會再有紛爭了，可惜眼前還辦不到——至少Dreamsphere不行，這只是一具夢的擷取和播放器而已。腦波的訊號量極其龐大又無比複雜，用比較容易理解的方法來形容，就是人腦的壓縮技術太過高明，沒有任何電腦程式能夠解壓縮。目前只能把夢境的訊號用類比方式錄下整體像，無法編輯改造或寫入資訊，連複製都會大幅失真，唯一的讀取方法就是吞下膠囊，重新把夢做一次。」

「聽起來有點像盤帶錄音和黑膠唱片。」

「勉強可以這樣理解。」

我忽然想到：「所以我的夢就會像這樣賣給別人體驗？」

「正是如此。」莫費思殷切地望著我，「因為無法加工，所以夢境的原始品質決定了一切。在我看來，你是萬中選一的優良夢者，具有無比的才華！」

才華？我已經很久沒有被人用這個字眼稱讚了，平常在辦公室都只有被老闆臭罵的份，聽莫費思這樣說，不由得心頭一熱。

「好，我願意把夢賣給你們。」我說。

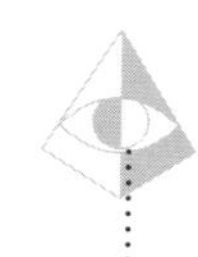

我和莫費思簽了一份專屬委託合約，這才知道上次用五萬塊把夢賣給他還算便宜的。合約保證每則短夢兩萬元買斷，高品質長夢預付五萬，如果入選本周強檔好夢，在競標平臺上賣出高價，我還可以獲得溢價的五成分紅。

莫費思有意把我培養成他手上的王牌，第二則夢就上本周強檔，十萬起標，結果竟然拍到十八萬，我因此多分到四萬塊。

「一則夢竟然可以賣到那麼高的價錢，真是不可思議。」我泡在戶外的青泉裡，望著天空發愣，白雲看起來都跟平常的白雲不一樣。

「對有錢人來說這點零頭根本不算什麼，他們的物質慾望早就被滿足過頭，邊際效用接近於零，所以真正想要的是有錢也買不到的東西。」莫費思淡淡地說，「你不曉得，有錢人多半失去做夢的能力，也無法透過睡眠和夢境來自我療癒。他們願意不惜代價買回這一切，布置豪華的寢室、看睡眠門診、打針吃藥、靈修健身……但就算吃下高劑量安眠藥也只能陷入昏迷，睡著了卻沒有夢，醒來更加空虛。最後他們發現只有我們的服務真正有幫助，當然肯花錢。」

為了答謝我幫他達成這個月的業績，也當作慶祝，莫費思招待我到北投的高級溫泉間裡。

「好小子！夢做得挺快的嘛，還挑最好賣的春夢來做。」莫費思熟門熟路，好像來過很多次似地。

「你怎麼會在我家？」我坐在被窩裡懵然問道。

「為了保證夢境的擷取品質達到最高解析度，當優質夢境產生時，本公司人員得在第一時間前往擷取。這在昨天簽訂的合作同意書第一百三十八條第四款第三項之A，你有勾選『我已看過且同意』。」

「那麼長的同意書誰會認真看。」

「你放心，我們公司最重視客戶的隱私權益，除了必須緊急擷取夢境，不會濫用這項授權，也不會轉讓給第三者。」他俐落地拿出Dreamsphere，「事不宜遲，趁夢還新鮮趕快進行擷取吧。」

「等一下。」我猶豫了。

「怎麼了？」

「我很久沒做春夢，想再讓自己回味一下。」

「夢在短期記憶區停留的時間非常短暫，就算不擷取出來你也很快就會忘記，到時候一文不值。趁新鮮拿去賣是專業夢者應該嚴守的紀律。」

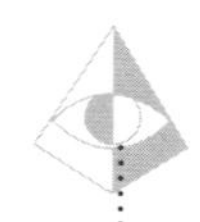

「我看還是算了。」

「你覺得價格太便宜？」

「不是錢的問題，老實說今天這個有點太私密了。」我實在難為情。

「怎麼不是錢的問題，這個世界上所有的東西都能標上價格，如果有人花五億跟你買這個夢，你一定毫不考慮就賣了。」

「五億的話……」

「當然這只是比方，請忘掉五億的事。」

「我想也是。」我認真考慮起來，「但個人隱私的價值究竟要怎麼評估？」

「虧你還是小說家，這一點自我揭露也在那裡扭捏個老半天。」莫費思不由分說就把Dreamsphere往我頭上罩。

其實我還沒真的開始寫小說，但被叫一聲小說家還滿爽的，而且也被他說服了，無論內心的想法多麼扭曲變態又醜惡，小說家都應該直率地揭露出來。於是我不再抗拒，任由莫費思俐落地完成擷取，霎時間我已經忘了剛才的夢，不，是我失去了這則夢，把它賣掉了。不知為什麼，我覺得身體裡面有某種東西被連根拔起的空虛感，又好像蛀牙的填補物掉落之後，舌頭一直意識到那裡有個空洞似地彆扭。

「春夢我看得多了，重點是想像力！」莫費思一邊檢視擷取數據，一邊輕輕搖頭讚嘆，「你從雪山黑森林一路混戰到七星潭，地動山搖水落石出……最棒的是那種野獸派的交配方式、坦蕩奔放的生殖慾望，連臺灣黑熊都被你嚇得滿地亂跑！」

「這麼讚？你說得我都捨不得賣了。」我開玩笑道，「我可以把夢灌回去嗎？」

「藝術家必須捨得賣掉作品，要有下次能創造更精彩成果的信心。」莫費思拍拍我的肩膀，「我原本還有點擔心你放不開，這個夢代表你內心的原始能量已經甦醒，準備邁向積極進取的人生了。生殖行為象徵豐沛的創造力，大山大海反映出開闊的心境，是個好夢！」

「好。」我重重吁了口氣，卻忽然介意起一件事——我忘記剛剛在夢裡是跟誰做愛了。我隱隱覺得，那個對象可能是我心裡很重要的人，說不定是初戀女友薰，還是哪個追不到的高嶺之花。我猶豫一番，忍不住道：「我看還是算了，請你把這個夢還給我。」

「輕鬆點，那只是個夢——春夢了無痕。」莫費思理解地一笑，「這個夢絕對可以拍到高價，不賣白不賣。你不是有很多想做的事嗎，就讓夢境來支持你的夢想。」

我還是有點過意不去，覺得出賣了自己珍視的某個女孩子，送給不知什麼人意淫去了。我只能安慰自己，也許那是電視上看到的女明星，或者潛意識隨便拼湊的不特定女性形象而已。

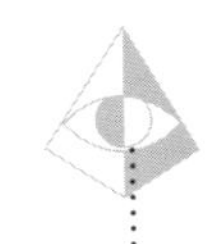

三天後我們約在中山北路一家五星級飯店地下室的酒吧見面，他說得沒錯，這則春夢入選本周強打，放在國際平臺競標，結果以一萬美金成交。

「我就說春夢最好賣。」莫費思猶如新興宗教領導人般，用不可質疑的語氣宣布某種真理。他音量很大，我不由得偷偷觀察四周的客人，但他毫不在乎：「別擔心，這種地方的好處就是可以盡情說話。」

我們並肩坐在吧檯上，店內正在播放《Monk's Dream》，這本來就是一張充滿奇特靈光的唱片，但我第一次聽到那麼多細節，整個空間感也完全不同，非常立體，彷彿可以讓人從鋼琴和薩克斯風中間走過去似地，甚至能感覺到樂手們之間心念感應的電流。音樂不只是好聽，更被注入魂魄，整個活了起來。

「很棒吧。」莫費思見我聽得出神，說這對喇叭是從電影院拆下來的，並且搭配頂級真空管擴大機，才有這麼好的音質。「不過音響這種東西啊，光有昂貴的高檔設備還不夠，最重要的是調校。必須針對音場環境，用儀器仔細測量數值，然後調整擺位和角度，失之毫釐差以千里，這都是科學。」

「應該也有音樂類的夢吧，譬如超凡入聖的演奏，甚至全新的音樂創作。」

「那是稀有商品，價格非常昂貴。人的夢以視覺為主，出現聽覺元素的只佔一半，而且大多是說話，音樂極端稀少。觸覺、味覺和嗅覺也很罕見，有些夢者專攻這個，收入不得了。」莫費思拍拍我的肩膀，接著把一個信封按在吧檯上，「喏，這次的分紅。」

我知道裡面是十萬元，刻意若無其事地把信封收進外套口袋，手臂卻有點發麻。我為了掩飾緊張，開玩笑說：「這簡直跟迷幻藥交易沒兩樣。」

「這麼說也沒錯，只不過我們交易的是沒有毒性的迷幻藥。」莫費思隨著音樂的節奏打起拍子，「託你的福，我這個月的KPI已經達標了。你還真是會做夢，像是最近的《殺手特訓班》、《河流上空的飛行》，還有《異星半人馬帶來的宇宙星塵》都太精彩了。」

「什麼異星半人馬？」我一頭霧水。

「喔，那是我取的標題。就跟電影片名一樣，夢要有題目和內容簡介才好讓買家想像，重量級的大夢還會剪預告片呢……對了，差點忘記還有《追殺吉爾》，這個超經典。你先是在一大片工業區廢墟裡被國中老師率領一群紅色犀牛追逐，在一段充滿能量的奔跑之後，你反過來派出一群貓咪圍攻對方，結果國中老師變成你的老闆，貓咪對他又抓又咬，還從他肚子裡掏出一大堆棉絮，好像抓破枕頭一樣——你對國中老師和老闆的怨念真的很深。」

「嗯，大概一輩子不會消除，可以供應很多類似的夢。」

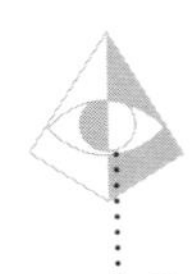

「好極了，這類夢的需求很大。不過話說回來，你的想像力是怎麼培養的？」

「我們老闆本來就是棉花枕頭，這是事實，不需要想像力。」我一本正經地說，莫費思聽了哈哈大笑。

「你的夢有一種奇特的幽默感。我們統計過，百分之七十的夢集中在兩種情緒：焦慮和憤怒。多數人不是夢到考試沒準備、出門沒穿鞋，就是被壞人追或者困在什麼地方。你的夢多半也是從焦慮開始，但總能轉化成幽默場景。從產品的角度來說，不僅內容完整，過程充滿想像力，也很有療癒效果，非常有價值。」

「謝謝。」我微微點頭。其實這些夢我都已經賣掉了，連絲毫隱約的印象都沒有留下來。我覺得他說的事情跟我無關，就像在聽別人說一部自己沒看過的電影一樣。

「也許你是天性樂觀的人吧。」他說。

「也許只是自我合理化的能力很強。」我說。

「別妄自菲薄，夢的品質跟創造力有直接的關係。我接洽過的夢者很多，你絕對是難得的奇才，要相信自己。」莫費思像是拿到同花大順的賭客般堅定。

我端著酒杯不住搖晃，看著金黃色的酒漿在杯底轉來轉去。

老實說我心裡很不踏實，每天只要睡覺做夢就能賺進大把鈔票，光這點就已經讓人感到心虛，更要命的是自己根本連做過什麼夢都不曉得。雖然莫費思不斷誇讚我的「創我模仿他的語氣，故作姿態說：「唉，沒想到我也成了一個向商業體制靠攏，販賣自我夢想的人了。」

莫費思哈哈一笑，指著滿牆酒瓶說：「商業體制是好東西，你看這幾百種各具特色的酒，如果沒有健全的商業體制根本無法送到全世界讓大家品嘗。現在就算是再知名的百年小酒廠也已經很難獨自生存，必須投入跨國集團旗下，但這並不影響他們對品質的堅持。如今是集團作戰的時代，懂得利用體制的優勢，就像老鷹能乘著氣流飛行一樣。」莫費思把杯子裡的酒喝完，又點了一支艾雷島的威士忌，酒名很怪，我沒聽過也記不住。

就在此刻，我下定決心要成為一個全職的專業夢者。於是豪氣地對調酒師說：「也給我一杯一樣的！」酒一送來仰頭就喝了一大口，結果哇靠，一股刺鼻的藥水味直衝腦門，根本像是蹲在剛剛澈底消毒過的廁所裡喝碘酒。

第2章

薰的記憶房間

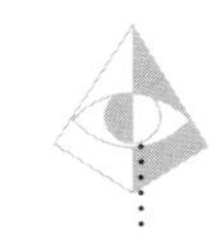

我在高中同學蟑螂家的火鍋聚會上遇到闊別多年的小栩。

其實我們並不熟，她跟蟑螂都參加攝影社，我有一次插花跟社團去墾丁外拍，回程時，遊覽車在某個高速公路休息區暫停，我上完廁所出來發現車子已經開走，被丟包了。原來領隊點名時蟑螂和其他人聊得太開心，完全忘記我的事，領隊看社員都在就請司機開車。我的手機和背包都在車上，只能原地等候。結果是小栩發覺少了一個人，車子才及時回頭來接我。

因為這番緣故，我和小栩有了點交集，後來我們考上同一所大學，偶爾相遇也會打個招呼，但沒有更多互動，出社會之後也就不曾再見過面。

多年不見，彼此都有些驚喜。我感覺到她身上有什麼吸引著我，甚至覺得自己也有什麼東西引起她的注意，那是超乎異性魅力之外的，近似同類的感應。她在瞬間露出某種不尋常的眼神，彷彿再次察覺我被拋棄在某個荒僻之處，正要發出提醒。不過那神情一閃即逝，我也沒有多問。

小栩是一個繪本插畫家，出版了幾本童書，改編一些臺灣民間故事。當她問我在做什麼的時候，我一時虛榮心起，不假思索說自己已經決定辭掉編輯工作，專心從事小說創作，話說出口連自己都嚇了一跳。

蟑螂在旁邊瞎起鬨，問我是不是中了樂透？我想在小栩面前出風頭，板起臉一本正經說起創作的夢想，以及不願在毫無意義的工作上虛耗青春云云。一開始我不免有些心虛，事實上我正在考慮的是要不要成為一個專職的夢者，靠賣夢賺錢，而非義無反顧投入創作。但話語說出口就有其力量，當我拿捏著得體的語言，避免過於浮誇地侃侃陳述時，我發現那些確實都是真真切切埋藏在心底許久的理想，而非臨場編織的謊言。

小栩的目光慧黠而透澈，沒那麼容易被人糊弄。我刻意直視著她說話，心想如果能說服得了她，那麼也就一定可以說服我自己。

●

隔天我比平常提早出門，難得認真吃了一頓早餐。話雖如此，不過就是在平常的香雞堡和蛋餅之外多點一份鐵板麵，然後仔細慢慢吃完。同時翻完一本店裡擺放的《灌籃高手》第八集，那是在書櫃上隨手抓的，沒頭沒尾地看，事隔十多年卻竟然都還記得前後劇情，尤其是三井壽闖進體育館鬧場那一段，前後幾頁的對白和分鏡都絲毫不爽。

我第一個進辦公室，趁著四下無人把離職申請書放在老闆桌上。

算一算，我在這個備感煎熬的工作上竟也待了五年，想想真是可怕。剛進來時本以為撐不過三個月，做滿周年那天還暗暗下定決心最多不能待超過三年，否則就會漸漸失

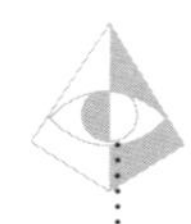

去求生意志，再也無法逃脫。但時間就是這樣每天看似無害地流著，隨時都有更急切需要處理的業務或生活瑣事從脖頸後方冷颼颼地追趕上來，好不容易忙完一陣就只想喘口氣放鬆一下，結果停滯在痛苦的迴圈中無法自拔。

提出辭呈後，我不僅沒有待退的懶散，反而充滿能量，比平時更有氣魄地工作，一整天把鍵盤飛快地敲得喀啦喀啦響，感覺前途充滿希望。

離職生效前最後一個月，我照例每天中午到河堤的車上午睡。以前是為了逃避壓力才跑來這裡，就像躲進一個避難所，現在則有一種奇妙的懷舊感，彷彿我是在離職多年以後偶然再次來到這個地方，想起「自己曾經也有那樣的時期啊」，充滿了追想的感慨與寬慰。

看著稻田發呆時，好像連香菸燃燒的速度都變慢了，我難得還沒抽完就彈熄，然後把菸屁股丟進空菸盒裡，以後不打算再抽了。黃褐色的稻田低垂著，不久之後就會收割，然後田地空著休養過冬，等到明年春天再播下第一期稻苗，永不停止地重複著。

我知道自己永遠不會再來這個地方了。

一個月後辭職生效，我把座位澈底清理乾淨，丟掉每一張名片、撕去所有文具上的姓名貼紙，確認沒有留下任何自己曾在這裡待過的痕跡。下班時我很小心不要回頭，彷彿離開監獄一樣。踏出大樓的瞬間，看見天邊難得出現了一片橙紅色的晚霞。

「蘇媽媽妳別擔心，阿薰既然沒有生病，暫時應該沒有關係。」我察覺到蘇媽媽對就醫的排斥，很多心理疾病患者的家屬諱疾忌醫，這是可以理解的，於是先安撫她。我想了想又問：「她不是正打算要結婚，或許婚前有些緊張？」

「不會啊，她跟丹尼爾——她男朋友每天興沖沖到處看婚紗、找攝影公司、選喜餅，很開心的樣子。可是一個月前忽然就變成這樣，一點預兆也沒有。現在別說準備婚事，連工作也都停擺。」蘇媽媽絕望地嘆了口氣，「我們都不敢告訴她的朋友，因為不知道別人會怎麼想，又會在背後怎麼亂講。只有很少數親近的人才知道這件事。」

「謝謝妳告訴我。」我對蘇媽媽的信任確實有些感動。在我們通話的同時，我用電腦瀏覽薰的臉書帳號，最後一則動態是一個半月前和朋友聚餐的照片，她愉悅地笑著，看起來一切如常。她原本就不勤於更新動態，所以很久沒貼新的東西也不奇怪。而且臉書這種東西呈現的樣貌本來就很偏頗，大部分人只張貼美好的生活片段，我往下捲了半天，看不出任何端倪。

「我可以去看她嗎？」我問。

「我找你就是想請你來看她。」蘇媽媽下定決心似地說，「我想你跟阿薰那麼熟，來跟她說說話，也許可以讓她有所反應。」

「丹尼爾那邊沒關係嗎？」我不得不顧忌薰的未婚夫可能會怎麼想。

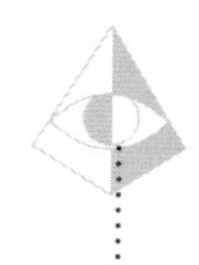

「我沒跟他說，不過我想應該沒有問題。」

我感覺到蘇媽媽擔憂女兒的心意，於是說：「好，我明白了，我會去看她。」

「太好了！」蘇媽媽有些喜出望外，「你什麼時候能過來？」

「我今天就過去。」

●

薰的家在臺北東南近郊一處小山丘上。八、九〇年代臺灣經濟火熱的時候，都會郊區開始興建一批供應中產階級的電梯大樓，外觀較傳統公寓來得俐落時髦（但品味多半不怎麼樣），坪數適合小家庭居住。有些建案名稱會標榜外國風情或某種生活情調，也有不少為了宣傳交通便利性而叫做「ＸＸ敦南」或「ＸＸ信義」，標榜「ＸＸ商圈十五分鐘就到」，實際上和市中心都有點距離。

薰家就是這樣的建築，名稱是「信義夢蝶」，交通便利和生活情調兩者都包了。仔細想想，「夢蝶」是莊子對現世虛幻本質的提問，和中產階級追求的現代物質生活其實是相扞格的，不過臺灣建商亂取的名字太多了，這也不算奇怪。

整個社區有四棟大樓，棟距很近。薰曾經跟我說，她房間的窗戶對著中庭，望出去上下左右都是別人家的窗戶，頗有壓迫感，平常也只能把窗簾拉上。

我下了公車，憑著多年前的印象走上一段陡而長的斜坡，順利找到她住的社區。當年我每次送她回家時都會在大鐵門前停步，免得管理員看到之後跟她爸媽打小報告。因此認識薰十三年來，我還是頭一遭按下門邊的電鈴。

蘇媽媽已經跟管理員打過招呼，我直接搭電梯上五樓。電梯比我想像的老舊狹小，照明也略顯幽暗，好像進入某種時光隧道。

門開時，蘇媽媽已經在電梯間等候，我們寒喧一番，蘇媽媽親切中不免還是有些生疏與尷尬。她不即讓我進屋，拉著我靠在窗邊，生怕被薰聽到似地壓低聲音訴說她的觀察與憂心。我還不了解狀況，只能盡量安撫她。

進門之後，蘇媽媽直接領我穿過客廳到薰的房間。我和薰分手後仍然保持友誼，直到她和丹尼爾交往才比較少聯絡，算算也有三年沒見了。

薰抱膝坐在床上，帶著一股漠然的神態，那不是她從前會有的表情。我忽然覺得最近彷彿在哪裡看過類似的眼神，但想不起來。

我跟她打招呼，她露出一點欣喜的樣子，卻沒有講話。我故作輕鬆自然地說：「好久不見，最近好嗎？」我很清楚感覺到她認得我，但她眼神平淡，而且不回應我的任何話語。

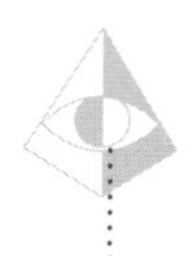

我來之前曾擔心薰會不會是「失魂」，也就是被不乾淨的東西沖煞到，但看起來不是。我一邊說著自己的近況，一邊暗暗觀察。薰很正常，但存在感很淡薄，當我背對她的時候，房間裡好像就只剩下一個人，察覺不到她的氣息。而當我們面對面的時候，無論距離多近，都像是有一道看不見的透明薄膜將彼此隔開。

過了好一會兒我才醒悟到，她的反應像是正在看電視或手機上的影片。我對她來說並不是實際出現在房間裡的人，而是螢幕裡的影像，所以她認得我，也會勾起些許情緒反應，但不會跟我互動——看電視再怎麼入戲也不會把螢幕裡的人當真。她彷彿被關在另一個次元的時空裡，和這個現實世界分離了。不，也許對她來說，她自己並沒有改變，只是把一整個現實世界全都裝進小小的螢幕裡面。

蘇媽媽端來茶和點心，三人一起坐了一會兒。但我跟蘇媽媽沒有話聊，當著薰的面也無法討論她的狀況，空氣一時陷入凝結。於是我請蘇媽媽去忙自己的事，我帶了書來，可以自己看看書或唸書給薰聽。

等蘇媽媽離開之後，我拿出背包裡的《銀河鐵道之夜》，卻發覺根本沒有讀書的心情。薰不講話卻一直看著我，這讓人很難專注在書本上。單方面對她說話又得不到回應也很奇怪，於是我在房間裡四處看看。

薰的房間和我想像的沒有太大差別，是很普通的女生臥房。我把窗簾拉開，正如她說過的那樣，鄰居的窗戶近得像是觸手可及。嚴格來說，這是薰二十二歲以前的房間。她大學一畢業便出國留學兩年，回臺灣之後就搬出去住。所以這個房間大致上保留了她出國前的狀態，也就是和我交往時的模樣。

書架中間兩格附有玻璃拉門，裡面擺放著許多玩偶和紀念品，其中有一些是我送給她，或者我們一起出去玩的時候買的。

最顯眼的是那頂紅色棒球帽，那是去墾丁玩的時候薰戴的帽子。我們幾個朋友輪流坐水上摩托車到海上轉圈，騎車的業者會故意頂浪跳起或壓車過彎增加刺激感，薰的帽子就在摩托車濺起大片浪花時被沖走。薰很喜歡那頂帽子，但掉在海上無從找起，也只能算了。輪到我出海時，我跟騎車的大哥商量，不必玩那些刺激的花招，盡量擴大騎乘範圍看看有沒有帽子的蹤跡，結果竟真的讓我找到了。薰把帽子重新戴起來的時候笑得好開心，就像一個滿心歡喜的孩子。

我拿起帽子向薰揮了揮，她接過去拿在手上端詳，好像正在看一張老照片。

棒球帽旁邊有一顆裝在透明泡泡殼裡的膠囊，我一眼就看出來，這是當年她陪我去看精神科時，醫師開給我的百憂解。當時她撕下一顆說要帶回家收藏起來，臉上帶著慧黠又得意的表情，令我百思不解。

我忽然意識到這簡直是一個回憶的秘室，一個時光膠囊。許多難以忘懷的、百般珍

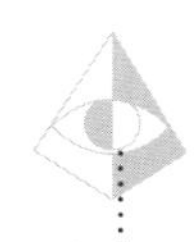

惜的記憶，或者早已遺落，乃至亟欲忘懷的記憶，封存在玩偶、擺飾、唱片、信件和書本之中，安安靜靜地貯留在這裡。時間似乎在這裡停留了。

唱機前面擺著的CD是愛沙尼亞作曲家佩爾特的作品集，我很喜歡裡面一首〈鏡中鏡（Spiegel im Spiegel）〉，所以多買了一張送給薰，只是不知道她上次聆聽是什麼時候。我按下播放鍵，鋼琴悠悠地反覆彈起上升的三和絃，接著小提琴緩慢拉出一道又一道長音，每次只有一個聲線，沒有任何多餘的東西，非常簡單，卻也非常悠遠。如果把所有顏色的光混在一起，會變成一道白色的光。把所有的回憶融合，大概就像這首樂曲吧。

這音樂深深引起薰的注意，她專注傾聽，表情漸漸變得柔和，看我的眼神也稍稍複雜了些。

書架上有幾本我借她的書，其中《湖濱散記》是從高中學長阿森那裡借來的，我都還沒看就轉借給薰，結果放到忘了，對學長很不好意思。

我拿起《湖濱散記》，翻開夾著書籤的那一頁，出聲讀了起來：

我們必須學著重新醒來，並使我們保持自己清醒——不是靠機械的安排，而是靠對於黎明的無限期待，而這期待，即使在我們睡得最熟的時候，也不會離開我們……

讀到這裡時窗外忽然有些動靜，一隻白底虎斑貓竟不知從哪裡跳到裝飾用的小窗臺上，隔著紗窗往屋裡窺看。我還來不及反應，那隻貓已經熟練地撥了幾下紗窗，從縫隙鑽進來跳到書桌上。

我放下書本輕輕把貓按住，說：「唉呀，妳是隔壁家的貓嗎？不可以進來呀。」貓居然不叫也不掙扎。我正不知該怎麼辦，耳邊卻聽見薰的聲音說道：「咪咪妳來啦，今天天氣很好呢。」

那是我無比熟悉的，薰的聲音，溫柔而自然，一切如常。我愣然轉頭看去，薰走到我旁邊熱切地和貓說話、撫摸，半點異樣也沒有，但這更凸顯了她與我隔絕的詭異。

我把手鬆開，貓優雅蹲坐著，胸口和兩隻前腳一片雪白。薰搔抓牠的脖頸，牠便歪著頭微微前蹭，十分享受的樣子。不知為什麼，這隻貓能夠穿越隔膜進入薰的世界，我伸出手指碰碰牠的尾巴，很想知道牠是怎麼辦到的。

貓被搔得有些經受不住，忽然站起來往旁邊走了兩步，接著又側身躺倒，放肆地左右滾動。薰開心地摸摸牠的肚皮，這太過刺激，貓反射性地揮爪抵抗，並且猛然扭動身體彈跳起來，一溜煙從窗縫逃出去，把桌上一本筆記簿踢掉在地上。薰惋惜地憑著窗縫向外張望了一會兒，然後關上紗窗坐回床上，恢復原本的漠然。

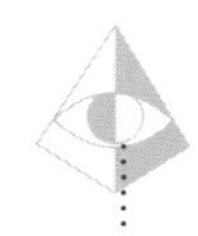

我撿起打開的筆記簿，上面有薰的字跡。我本想闔上本子放回桌面，眼角卻瞥見標題寫著〈飄浮採蜜的夢〉，於是忍不住讀了起來。

在一個穹頂極高的巨大建築物裡面，只有稀薄的陽光從高處斜射而入，空間朦朧幽黯。弧形的水泥牆向深處延伸而去，猶如一道廢棄的水壩。高高低低的水泥縫隙中長滿蓬亂的植物，開著許多白色小花，遠看像是咸豐草，但我知道這是一種能夠生產珍貴花蜜的奇草。

我靠近地面牆角的花叢，右手輕輕向內一揮，花蜜就被吸進左手的瓶子裡。我飄浮起來，沿著高牆上上下下，採集了不少花蜜（採集的過程漫長又具體）。從黑暗不可見的天花板上垂下來一根掛勾，我心想如果跳過去用腳倒掛住，就可以採到最高處的蜜了。但我並沒有這麼做。

一時瓶子即將裝滿，我雖然還想繼續收集花蜜，但回到地面抬頭張望，整片巨牆上的花叢不知何時已被人們採光，盡皆枯萎了。

「這裡即將封閉，不會再有風和雨吹進來。」人們說，「大家得趕快離開，否則『它們』就要現身了。」

我忽然很想試喝一下這種傳說中的神奇花蜜，瓶子裡的蜜水卻忽然變得很少，而且我瞬間意識到這些並不屬於我。

夕陽緩緩偏斜，高窗上的澄黃光線像是走到生命盡頭的小動物般越來越虛弱，灰塵也無力地在光廊中飄動。忽然間光線戛然熄滅，四周陷入黑暗，那是一種看不見星空的，量體巨大的黑暗。

而我感覺得到，「它們」正在黑暗中虎視眈眈。

這真是一個想像力豐富的夢，我反射性地想應該可以賣不少錢，但隨即對這個市儈的念頭感到羞愧。尤其是這個夢的結尾如此悲傷，越到後面薰的字跡越潦草，彷彿可以讓人看見薰醒來時趕緊把夢境記下來的急切。旁邊標註的時間是上個月，也就是她快要與世界隔絕開來之際，或許這是她的呼救？

我看著薰，試著唸了一段筆記上的句子，但她顯然聽而不聞。於是我把筆記本闔上，坐下來繼續讀《湖濱散記》。薰有時凝望虛空，有時興味盎地觀察我的動靜，彷彿我是水族箱裡游來游去的魚。最後我放下書，以手支頤和薰對望，好奇地思考水族箱裡的魚擁有什麼樣的世界觀，當魚看到人的臉出現在玻璃外面時，能夠理解兩個空間的差異嗎？

我甚至疑惑起來，究竟是薰從這個世界抽離出去，還是我被關進一個小小的螢幕裡

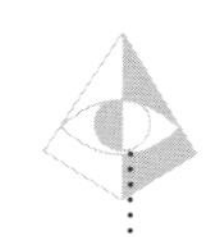

變成扁平的電流訊號而不自知？

兩個多小時過去，我起身跟薰說我要走了，她依然沒有反應。我拿起《湖濱散記》說：「這是阿森學長借給我的，我想拿去還給他。」薰不置可否。

「啊，是這個。」我忽然發現書架上放著一塊蟬形的玉佩，那是我們剛交往的時候，有一天偶然經過建國高架橋下的玉市，出於好玩隨手買下來送給她的。薰一直帶在身邊，即便出國回來，兩人分手之後，她仍隨身帶著。

不知怎麼，我強烈地被這個玉佩所吸引，忍不住問：「我可以把這個帶走嗎？」我拿起玉佩在她眼前晃了晃，用誇張的動作比比自己口袋，薰照樣聽而不聞，甚至旁若無人地打了一個大呵欠，我猶豫了一番後默默把玉佩收妥。

離開時我跟蘇媽媽說我覺得薰並沒有生病，也許她只是這陣子比較疲倦，暫時退縮起來，類似在冬眠吧。有空我還會來看她。蘇媽媽先謝謝我，接著要說話時卻忽然抑止不住激動起來。我安慰她說不要緊的，我相信薰很快就會恢復原本的樣子。臨走又想起來薰對音樂很有反應，建議蘇媽媽多放點音樂，或許對她有幫助。

走在陡直的下坡路上，這整件事情才變得具體起來。當我看到薰的時候並不覺得她有什麼奇怪，但這就像去醫院探病，進入病房總會裝出一副樂觀的表情來鼓勵病人，連自己都暫時被騙過，等離開當事人心情鬆懈，真實的想法和感情就解開壓抑猛然湧出。

我想起剛才薰和貓玩的樣子，那就是當年我們在一起時她經常流露的神情，不由得一陣感傷。

回到平地的大馬路上，幾輛公車夾著小客車左右呼嘯而過，還有幾輛腳踏車無懼威脅悠哉地踩踏前進。這時我忽然醒悟，薰那奇怪的漠然表情，跟昨天晚上騎腳踏車撞到我的女生一模一樣。

我本能地覺得一定有什麼事情不對勁，非常不對勁。

第3章

茶茶男孩，以及阿森學長

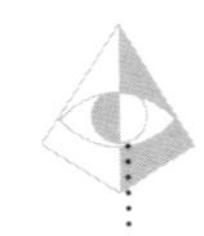

回到住處附近，我並不想立刻上樓，而是在小公園裡坐著發呆。

我住的公寓緊鄰一座小公園，那種臺北市每個里都會有的社區公園，面積不大卻很清幽。公園呈不規則的五邊形，其中兩邊有小巷弄通過，另外三邊直接和公寓住宅接壤。

我坐在長椅上，看著千篇一律的公園設施，無非是一座雙坡道磨石子溜滑梯、一個紅色中式涼亭、幾張椅子、兩三樣無害的健身器材，還有正對著我的兩個深藍色搖搖鴨。兩隻鴨子白眼圓睜，點著小小一丸黑色眼珠，平時看來在憨呆中帶著幾分嘲諷的意味。此刻飄著毛毛雨，呆鴨們在沒有孩童嬉戲的空地中央又像是無怨無悔地等候著什麼。

公園裡的樹木十分高大，多半是榕樹和茄苳，濃蔭將四周醜陋的老公寓遮蔽住，顯得綠意幽幽。

我忽然感覺到褲子口袋裡有個硬物，摸索出來一看，是從薰的房間取回的玉佩。我拿在手上把玩了一會兒，覺得比印象中冰涼。雨稍稍變大了些，我起身向樹蔭濃密處走去，本來只是想進涼亭躲雨，但自然而然走到了土地公廟前面。

這個公園有個小小的特別之處，就是在最深處的角落裡建有一座土地公廟。廟境和公園連成一片，分不出界線。廟很小，低矮的屋頂只鋪著幾片黃瓦，別無裝飾。廟夾在公寓之間，又正對著那座中式涼亭，因此極不顯眼。而且上方有棵異常巨大的榕樹製造了團團濃蔭，別說過路人不會發現，連我都經常忘記那裡有一座廟存在。

一般來說，公園的樹木都會在夏天來臨之前修剪，避免颱風造成災害。但那棵榕樹生長在私人土地上，公園處無權管理，地主也任其保持繁茂，直長到六層樓高。

小廟香火不盛，很少看到有人來拜拜。但我走到廟前，看見天公爐裡插著三炷香，裊裊白煙悠然飄散往風雨裡去。

我走進僅可容身的廟裡，握著玉佩雙手合十為薰祝禱。雖是土地公廟，神壇上照例同時有觀音菩薩、媽祖、關公、三太子和濟公等眾神明，同樣的神明也往往有好幾尊神像。我沒有特定的宗教信仰，但從小跟著阿媽去大小廟宇拜拜，對眾神明有一股親切感，因此這時很自然地向祂們祈求。

既然要拜，索性認真一點。我點了十二炷香，依序在天公爐、主爐、配祀爐和虎爺爐前禮拜上香。但拜虎爺時卻不免一愣，因為安奉祂的神龕裡面是空的，反倒在龕外地上擺著三尊虎爺神像。

一個像是廟公的阿伯忽然出現，把香爐裡的香腳拔起來收拾好，看見我時友善地點點頭。雨太大，一時不便走出去，我站在簷下躲避，隨口問道：「請問你是這間廟的管理人嗎？」

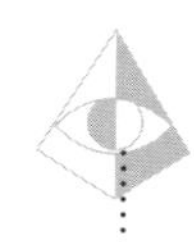

「這間廟沒有管理人，我住在後面，有空就來幫忙整理一下。」

我點點頭，看著廟內又問：「我剛才拜拜的時候發現虎爺的神龕是空的，為什麼把祂供奉在外面？」

「不是不供奉在裡面，而是原本那一尊不見啦，其他都是『客座』的。」

「會有人偷虎爺嗎？」

「我哪知。」阿伯淡然道，「可能有人把祂請去驅邪啦，或者虎爺自己想玩，跑去旅行了也說不定。」

「對啊，說不定喔。」我莞爾一笑，接著問，「這麼多尊神像都是哪裡請來的？」

「早期的幾尊是瘋大家樂的時候，賭博的人問明牌沒中憤而拋棄，被信眾撿到送過來；後來幾尊是附近有人家長輩過世，年輕人不拜了，就把家裡的神像請過來廟裡供奉。」

「原來如此。」我看著雨中的公園樹木和整排灰不溜丟的公寓住宅，默默想像神明們的流浪旅程。

我趁著雨變小的時候衝回家，才剛進屋子關上大門，就聽到有人在門外喀拉喀拉地搔刮門板。

我疑惑地開門一看，竟是茶茶，他穿著橘黃色T恤和靛藍色的牛仔連身吊帶褲，不等我把門整個打開就一溜煙鑽了進來，甩甩頭把水抖掉。

茶茶是我在老家養的八歲橘色大公貓，雖然不知為什麼變成一個小男孩的模樣跑來這裡，但我一眼就認出是他。茶茶走到客廳中央，警戒地東張西望一番，然後跳到沙發上，原地轉了兩圈之後坐了下來。

「你衣服都溼的，沙發會髒掉啦……」我才開口就放棄了，畢竟他是貓啊，人跟貓是無法計較的。於是我趕緊拿了一條毛巾幫他把身上擦乾，當毛巾磨蹭到脖子的時候，茶茶男孩露出十分愉快的表情。

「你怎麼知道我住在這裡？」

「我就是知道啊。」茶茶男孩理所當然地說著，他看到我丟在茶几上的手機，一把抓起來輸入我的密碼解開螢幕，然後熟練地打開連線遊戲來玩。這遊戲是之前的女朋友幫我灌的，因為玩家可以互贈愛心（生命點數），還可以比較得分排行獲得獎賞，所以她拚命邀請朋友加入。

那時的女友說：「你不用真的玩，只要每小時送我一顆愛心就可以了。」

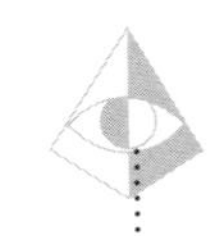

既然灌了，我就跟著玩起來，即便跟女友分手之後不再需要按時送愛，還是繼續玩了一陣子。有幾次深夜看到她忽然寄來一顆愛心，雖然明知道八成是不小心按錯，心裡仍不免五味雜陳。

我看茶茶男孩玩得十分熟練，稀哩呼嚕得了破紀錄的高分，驚呼道：「你很厲害耶。」

「那當然。」茶茶男孩驕傲地說。

「挺神氣的嘛。」我興味盎然地看著他。

「我好餓。」茶茶男孩玩完遊戲，瞬間攤在沙發上。

「好啊，我去買東西給你吃。」我遲疑了一下，「你要吃什麼？雞肉還是鮪魚，需要老貓配方嗎？還是要吃希爾斯，我現在買得起希爾斯囉。」

「麥當勞！我要吃麥當勞！」茶茶男孩喊道。

「貓跟人吃什麼麥當勞。」

「總不能給正在發育的兒童吃貓罐頭吧，這可是違反《兒少法》的。」茶茶男孩振振有詞。

「你從哪學來這些東西。」我也覺得餓了，於是上網訂了歡樂送。過了一會外送人員送來兩個漢堡套餐，我拿了盤子放在茶几上方便用餐。

「幫我打開。」茶茶男孩說。

「自己不會開喔。」

「我是貓啊。」茶茶男孩理直氣壯。

「真狡猾。」我幫他把漢堡拿出來放在盤子上。

「還有薯條，擺盤要漂亮。」

「你也知道擺盤的事。」我把薯條也倒進盤子。

「那當然。」茶茶男孩得意地把番茄醬包打開，擠在薯條上。

「明明就很會撕番茄醬包嘛，還要別人幫忙打開漢堡。」

我們坐在沙發上吃起漢堡，可樂的氣泡跳躍聲和窗外的雨聲相互交織。我挪動身體時壓到褲子口袋裡的玉佩，於是把它拿出來放在茶几上。茶茶男孩非常稀奇地看著玉佩，抽動鼻子靠近，一副要辨識新朋友氣味似地。

「這是非常重要的東西，要小心收好。」茶茶男孩老氣橫秋地說。

「要你講。」我起身想把玉佩拿去房間收進抽屜，茶茶男孩卻說：「你最好隨身帶著，寸步不離。」我疑惑道：「是嗎？」茶茶男孩拿起可樂，含著吸管連連點頭，一邊吸得呼嚕呼嚕作響。

隔天早上起床的時候做了一些雜夢，其中一段好像跟薰筆記裡描繪的巨大建築內部相似，但記不清楚。總之轉職業後連著兩天業績掛零。

我走到客廳，茶茶男孩正趴在窗臺上目不轉睛地往外張望，他看到我出來，埋怨道：「你這個懶惰蟲，睡到太陽曬屁股了！」

「現在才八點，而且今天是陰天沒太陽，我又不用上班。」

我看到窗臺上擺著一本書，好奇地上前一看，竟是水牛出版社在民國七十二年出版的《神秘歐茲國》，也就是綠野仙蹤。封面上畫著一棟被龍捲風刮得飛上天的房子，這是我小學時很愛看的。我詫異地問：「你在哪找到這本書，我記得很久以前就不見了。」

「書房。」

「怎麼可能，我搬家好幾次，打包的時候從來沒看過。」

「就是書房啊，貓是不會說謊的。」

「你看得懂喔？」

「很好看！」茶茶男孩跳上沙發，擺動手臂原地大踏步起來，「我還會唱卡通歌喔

——我做了一個夢，我去遊歷，經歷多麼危險又有趣。小獅王和機器人和稻草人，都是我的好夥計。我的小狗叫托托，他也一起去～～」

「我小時候也很喜歡這首歌，電視上播的時候都會跟著唱。」我拿起那本失而復得的書，打開翻了幾頁，覺得十分懷念。

茶茶男孩忽然誇張地伸了個懶腰，好像要把每一節脊椎都拉開那種伸法，身體異常柔軟。他一伸完懶腰馬上喊道：「我好餓，我要吃早餐！」

「我先刷個牙，馬上幫你弄。」

「我要出去吃。」

「氣象預報說今天也會下雨。」我看著窗外陰沉的天氣，「在家吃吧。」

「就是這種天氣才要出門。」茶茶男孩不容置疑地說，「你不是要拿書去還給阿森學長，就是今天，晚了就後悔莫及。」

「什麼後悔莫及。」

「『事後懊悔，已來不及了』，很簡單的成語啊。」茶茶男孩展示手機上的教育部重編國語辭典給我看。

「我知道這個詞彙的意思，而且這不算成語！」

「我好餓！」茶茶男孩哇啦哇啦大叫。

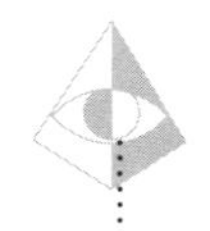

「好啦，我刷完牙馬上出門。」

「記得要帶書，還有那個玉佩喔。」

「學長的店中午才開，時間還早。」

「我們要先回家。」

「回哪裡？」

「回老家啊，你不是很久沒回去了。」

「下雨回去很麻煩。」

「我喜歡下雨。」茶茶男孩低著頭又玩起連線遊戲。

「好吧。」我不知怎麼無法拒絕他。

在附近的早餐店吃過東西後，我開車回到士林郊外大屯山腳的老家。這是我外公、外婆家，我在這裡出生成長，直到二十六歲才搬出去住。現在外公、外婆都已過世，但老媽和幾個長輩還住在那裡。當初外公看上這片位在溪谷裡的山坡，決定親手建立自己的家園，做為下半輩子和一家人安居的住所。那時底下是簡陋的泥土路，連柏油路都沒有，對面山上只有兩間禪寺，放眼望去一片蒼翠。

我事前沒聯絡，大家都出去了，只有黑色虎斑貓豆豆趴在院子裡，牠是和茶茶同一胎的兄妹，但今天看到茶茶男孩卻發出奇異的嗚嗚聲。茶茶男孩和豆豆互望良久，彼此上前兩步、停頓一下，反覆試探地接近，終於碰了碰鼻子，放鬆地打起呵欠。

這時天上滴滴答答下起雨來，我正想進屋，茶茶男孩卻冒雨循著樓梯往後山跑，我趕緊拿了傘追過去。茶茶男孩足不停步，輕盈地直奔上山，到防空洞前才停下來。

這裡也還是我們家的範圍。所謂防空洞，並非往山腹裡挖入的坑道，而是利用山壁當作內牆，往外用磚頭和水泥砌出來的一個空間，兩邊入口塑造成天然洞穴的模樣，裡面大約二十公尺長，三公尺寬，可容納不少人。

在我出生之前就有這個防空洞了，對我來說是個理所當然的存在，長大之後仔細一想卻有些奇怪，防空洞外觀並沒有偽裝隱蔽，而且誰會在自己家裡蓋防空洞啊？敵機要炸也是去炸市區的軍事要地，不會特地跑來山裡面浪費炸彈。倘若萬一真的炸到這裡來，一家老小還得特地爬上山來躲避，實在也太過麻煩。

防空洞前的平臺以前曾經是一片花圃，小時候外公外婆常在午後上來整理，我也跟在旁邊幫忙拔草、修剪，或者把非洲大蝸牛抓出來摔碎。後來阿媽過世，阿公年紀也大了，後山難以維護，就索性砍除所有植物填成一片水泥平臺。

茶茶男孩跑進防空洞裡躲雨，我也跟著鑽進去。洞內地上堆放著許多塑膠水管和鐵條，還有一些用塑膠袋裝起來做堆肥的落葉，靠山壁那一側則整整齊齊排列著六臺天鵝造型的遊戲車，我不由得驚呼：「哇，它們還在啊，真令人懷念。」

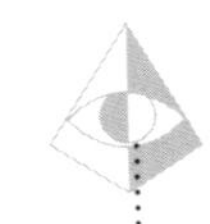

天鵝車是玻璃纖維一體成形，背上有凹入的座位，底下裝了四個一吋轉向輪。這是附近遊樂場淘汰下來的玩具，阿公要來給孫子們玩，我讀幼稚園時就有了。以前天鵝車放在一樓院子裡，小孩都很愛玩，不管是坐進去被人推著走，還是在後面推人都很有趣。車底空心的天鵝在前進時會發出硿隆硿隆的巨大聲響，威勢十足。坐在裡面的人無法控制速度與方向，只能抓緊天鵝脖子任人擺布，有時同伴玩瘋了猛力推進，隨時都怕撞牆或翻車，感覺格外刺激。

稍微長大之後我們對這樣的遊戲失去興趣，這些天鵝也不知什麼時候從院子裡消失，很久沒有看到，我還以為已經丟掉了，沒想到又出現在這裡。它們比記憶中的小些，座位也狹窄得不可思議。

天鵝車原本有黑、白兩種顏色，還畫有眼睛跟橘黃色的喙，但經過二十多年閒置，表面油漆都已龜裂剝落，車身積滿灰塵，再也看不出原本的色彩。我正覺得髒舊不堪，茶茶男孩卻毫不猶豫跳進其中一臺，從口袋裡掏出手機來玩——我的手機不知什麼時候又被他拿走了。

「裡面很髒耶。」我來不及制止他。

茶茶男孩毫不理會，自顧打開遊戲，螢幕上卻跳出「連線發生問題」的訊息，幾秒鐘後才恢復正常。他試了幾次，連線始終不太穩定，一下能玩，一下又斷訊，搞得他心浮氣躁。

「這邊訊號比較差，你如果想玩遊戲就回去樓下吧。」我說。

「不玩了。」他把手機丟還給我，看起來頗為失望。

「原來你以前常常不見，就是跑來這裡玩啊？」

「嗯。」茶茶男孩不置可否。

「對了……」我隱約想起跟茶茶有關的什麼事情，但記憶就像從耳邊嗡嗡飛過的一隻蚊子，明明繞著自己身邊打轉，就是找不到。皺著眉頭想了半天，好不容易才想起來：「有一次你跑到後山，結果一跛一跛回來。我帶你去動物醫院，照X光發現骨折了，醫生說斷點離關節太近，鋼釘無法固定，所以沒動手術，可是現在看起來很好啊。」

「這邊。」茶茶男孩按著右膝蓋下面，「骨頭自己長好了，只是有點緊緊的。」

「我一直很想問你腿怎麼斷的，是跟別的貓打架打輸了嗎？」

「不是。」

「那就是自己不小心摔倒的？你果然吃得太胖了。」

「不是。」

「被狗追？」

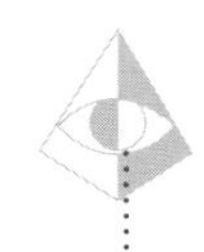

「哼。」茶茶男孩別過頭去不想談論，但顯然正是如此。

「其實我對你覺得很抱歉。」我像以前一樣搔摸他的頭，「那時候沒讓你動手術，一方面是醫生說成功率不高，沒必要讓你被麻醉又多挨一刀，但真正的原因是我沒有錢。那陣子家裡的財務狀況出了點問題，我也窮得快被鬼拖去，只能勉強過日子，實在沒有餘裕花兩萬塊讓貓開一檯可能沒用的刀。」

茶茶男孩瞇著眼睛，一副很享受的樣子，也不知是否理解我說的話。我停止搔摸，慎重地說：「沒能給你一個嘗試復原的機會，我一直覺得很內疚，也覺得自己很沒用。我想跟你道歉。」

「那種事情根本沒差，斷掉的骨頭自己就會長回去。」茶茶男孩拍拍我的手討摸，於是我繼續幫他搔頭。

「對啊，我記得後來因為別的事情帶你去看醫生，照X光發現斷骨竟然自己接好了——雖然接合角度歪斜，但確實牢牢癒合，實在太厲害了，我真的好開心。」我頓了一頓，坦承道，「老實說，你的復原讓我鬆了一口氣，好像自己的責任也因此被解除，甚至被原諒了。」

茶茶男孩完全沉浸在搔抓的愉悅，似乎完全沒在聽我說的話。我心中暗想，畢竟是貓啊，在意的事情完全不一樣。

「不過我現在有錢囉，無論你想吃什麼好吃的東西，或者有什麼生活需要都沒問題，更不會讓你受苦了。」

「呼嚕，呼嚕。」茶茶男孩這時居然打起盹來，身體往旁邊一歪，幾乎要倒在地上。

「別在這裡睡。」我扶起茶茶男孩，別無他法，只好揹著他下山回房間，讓他在床上睡。

茶茶男孩睡了很有貓咪本色的漫長一覺。中午我從冰箱找了點東西煮來吃，然後在書房翻看要還給學長的《湖濱散記》。這是現在少見的鉛印字體三十二開本，紙張變成黃褐色，字級很小，譯筆又老派。當時我隨便翻了兩章就擱下，薰借去之後說很好看，後來始終沒還我，幾年後我自己買了新譯本才終於讀完。

想想書緣實在奇妙，假如學長沒有借我書，或者薰不曾說好看，也許我在書店看到新版的時候根本不會想買。那像是一種遺忘已久的召喚，也像是尚未兌現的承諾，忽然激發出特殊的閱讀動機。在讀著書中一字一句時——儘管譯筆並不相同，我仍覺得自己終於走進學長和薰各自去過的某個隱密房間，他們早就進來過又走了，但他們的某個部分仍留在那裡等我。

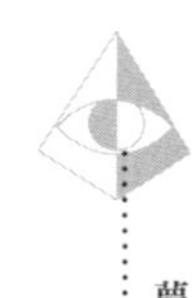

茶茶睡了很久，我們直到傍晚才離開老家，前往阿森學長在中山區的餐廳「1900」。這家店開在一座小公園邊，窗景很好。室內以地中海風格裝修，隨意刮抹的白色外牆、朱紅色地磚和弧形梁柱轉角等設計，雅致又清爽。剛開幕時一度小有名氣，吸引不少藝文人士到訪，如果是現在應該會成為IG打卡的熱點吧。不過十多年下來都沒有再修繕過，已經變得相當老舊，甚至連木製招牌上的店名都掉了一個「9」。

有段時間我每個禮拜都來和學長喝酒聊天，自由出入吧檯拿取飲料、杯盤，跟自己家一樣。因此推開那扇久違的大門時，感覺相當懷念。

學長不知道我要來，乍見面頗為驚喜。他還是像以往般姿態沉穩，帶著不張揚而誠摯的笑容，豪邁地用力握手：「稀客，歡迎！」

「好久不見，學長好嗎？」我同樣使勁握手，雖然幾年不見，彼此仍像經常碰面般熟悉。

「好。」他俐落地回答完，指著茶茶男孩問道：「這位是？」

「我外甥。」我反射性地回答。

「長得和你好像。」

「會嗎？」我看了茶茶男孩一眼，並不覺得他和自己像。茶茶男孩也不打招呼，張望一番之後自顧從容地走向角落的桌子，一骨碌跳上固定在牆邊的長條座位，大聲道：「好餓！」

學長拿來菜單，茶茶男孩看都沒看就說他要南極冰魚，我瀏覽一下之後點了肋眼牛排。接著學長絡繹送上餐具、麵包和沙拉，忙進忙出的。我發覺學長的臉色變得暗沉。他的膚色本就黧黑，眼睛不大卻曖曖含光，深沉而睿智。但他今天眼神比較黯淡，氣色也差了些。

說是學長，其實阿森和我媽同年，整整大了我三十歲。我們是在高中校友會認識，大家不論年紀一律以平輩相稱，大塊吃肉大口喝酒稱兄道弟。難得的是，阿森學長確實也把我當個朋友來看待，認真和我交談、尊重我的發言，坦率地分享經驗而從不流於說教。因此我很喜歡到店裡來和他們鬼混。

我環顧店內，懷舊之餘卻也頗感唏噓。陳設完全沒有更新，整個老舊劣化了。牆上掛著的竟然還是那臺機齡二十多年的窗型冷氣，天花板邊緣受潮發黃，架子上展示的大酒瓶和陶甕也積滿灰塵。更不堪的是，玄關就堆著廠商送來的整箱衛生紙，拖把擦過地就擱在廁所牆邊，學長還把一臺電視擺在邊櫃上看，只求自己舒心，已經不在乎客人的觀感。

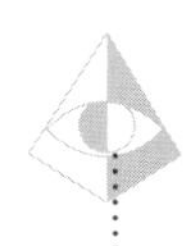

其實幾年前店裡就開始出現這些敗象了，我不再來這裡，就是不忍心看著它漸漸隳壞。學長曾經是個擁有非凡直覺的人物，雖然完全沒有室內設計和餐飲經驗，卻能明確地與設計師溝通，創造出美妙的空間。創店主廚甚至還是登報找來的，學長光憑面談，也沒試菜，就從應徵者中挑出手藝和態度最好的一個，並且精準地拿捏菜色創新和顧客接受度間的平衡，建立起良好的餐點聲譽。

但今天主餐送來時，我吃了一塊牛排便不由得暗暗皺眉，肉汁沒收，這是很低級的失誤。我不動聲色吃著，茶茶男孩忽然大聲喊道：「魚沒退冰。」我心裡一驚，生怕他太過直率讓學長尷尬，但學長過來誠懇地道歉，馬上收起盤子表示再換一道給他。

「牛排還可以嗎？」學長順道問我。

「沒問題。」我拿起紙巾擦嘴掩飾臉色。

魚重新送來，這次確實冒著煙，但看起來烤過頭了。幸好茶茶男孩津津有味地整條吃完，沒有再多抱怨。

整個晚上沒有別的客人，甜點送來之後，學長坐下和我聊天。我們像往常一樣痛快地閒談，茶茶男孩拿著手機打遊戲，或者躺下來睡覺，又在店裡到處亂晃，頗能自得其樂。過了一會兒，廚師出來跟學長打個招呼下班，我看了看錶，才八點半。

學長走到門口，把「營業中」的牌子翻過來變成「準備中」，回頭抓了菸灰缸，點菸抽了起來。我從他的菸盒也抽出一根，學長隨即拿打火機幫我點上。

他默默吐出很長一口煙，忽然說：「今天是我最後一天營業，你是我最後一個客人。」

「是嗎？」事實上我並不意外，這家店遲早要收，重起爐灶對學長來說也許是件好事。於是我爽快地說：「幸好我今天來了。」

「沒錯，來得好！」學長豪情大發，轉身從櫃子裡拿出一瓶藍帶馬爹利，慨然倒了兩杯。「這是開幕的時候朋友送的，陸續喝掉半瓶多，剩下的一直捨不得喝。你正好一起來把它解決掉。」

我和學長舉杯相敬，正要送到嘴邊時，卻在聚光燈下看到杯底有幾顆米粒般的雜物。仔細觀察，那竟是剛孵化就淹死在酒中的雛蠅，頭眼翅腳具體而微地縮成一團，在金光燦然的酒液裡漂晃。於是我趕緊阻止道：「酒裡有小蟲！」

學長看了一眼，賭氣似地漫不在乎仰頭把酒連同雛蠅喝掉。我不想傷害他的自尊，也陪著淺啜了一口，只是小心別喝進那些小蠅。雖然酒精會殺菌，吞下肚應該沒有大礙，心裡仍不免有些疙瘩。瓶底還有更多雛蠅，我拿起軟木瓶塞檢視，猜想可能是先前開瓶時，母蠅在瓶塞上產卵，小蠅孵化後便紛紛墜入瓶中淹死。

我們若無其事地繼續閒談，並在酒精的效力下聊得益發酣暢。但我心底卻難以遏止

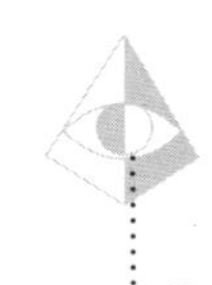

地釀造一股悲傷，彷彿正喝著人生苦澀的渣滓，而我們不斷吐出煙霧想要遮掩這一切，卻只是徒勞。

「對了。」我忽然想起來，從背包裡取出《湖濱散記》交給學長，「不好意思，這本書一直沒還你，霸佔了這麼久。」

「沒事。」他淡然接過，隨手擱在架上，大有聚散來去皆無礙的瀟灑。

「學長還記得薰吧。」我說。

「當然，她來過這裡幾次。很有靈性，也很漂亮。」

「這本書在我手上沒多久就轉借給她，後來我們分手，書就一直放在她那裡，昨天我才拿回來。」

「她好嗎？」

「她不大對勁，最近都只待在自己房間裡，不說話也不太理人，整天只是發呆。她顯然認得我，但無論我跟她說什麼都沒有反應，好像我們之間有一層看不見的薄膜隔絕著，感覺非常奇怪。」

夢渣。

「什麼？」剛才學長好像說了什麼話，但我沒聽清楚。

「沒什麼。」學長露出異常漠然的表情，顯得有些冷酷。他默默抽著菸，把菸吸進肺部深處再噴得遠遠地，好一會兒才在眉宇間露出一點悲憫的神色，感嘆說：「可惜啊，這麼聰明的女孩子。」

「學長聽說過類似的事嗎？」

「沒有。」

我沒來由地覺得學長似乎知道什麼，而且他的反應太過平靜了。於是我又問：「你剛剛是不是說了『夢渣』？那是什麼意思？」

學長緩緩搖了搖頭，拿起酒杯喝了一口。我正想追問，茶茶男孩忽然在後面喊道：「這裡有個地下室耶。」

我起身過去，看到茶茶男孩站在廁所旁邊一道打開的小門旁，充滿好奇地探頭探腦。我一直以為那是放置打掃用品的工具間，沒想到卻是通往地下室的樓梯——我從來不知道這裡還有地下室。

茶茶男孩的瞳孔在黑暗中睜得圓亮，凝視著地下蠢蠢欲動，我趕緊拉住他：「你別亂開人家的門，沒禮貌！」

這時樓梯間的小燈「啪！」一下亮起，學長打開開關，疑惑地說：「我沒鎖門嗎？

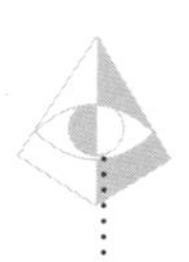

不過既然打開就是緣份，樓下是我的房間，下去邊聽音樂邊聊天也不錯。」他回身用托盤端了菸、酒和果汁來，領著我們下樓。

走下樓梯，迎面撲來一股霉味。大約五坪大的正方形空間裡堆滿書籍、黑膠唱片、CD、爆滿的菸灰缸、看起來很久沒穿的衣服和各種雜物，角落裡還有一張被衣物淹沒得幾乎不見的小床，我們必須在物品間的「小徑」勉強移動。只有正面牆壁堂堂正正擺著全套音響設備，對牆則有一張乾淨的沙發，兩者之間雜物相對較少，顯然學長現在唯一在意的事情只有聽音樂了。

邊櫃上擺著幾個積滿灰塵的相框，照片中的學長十分年輕，露出我從沒見過的燦爛笑容。每張照片裡都有同樣一位留著短髮的女性，看起來俐落幹練，和學長非常親暱。他們在許多地方合照，有一張是倫敦西敏寺的大笨鐘，也有認不出地點的歐洲鄉間風景。

「那是我前妻。」學長平淡地丟下一句話，走到音響前面打開電源，沒換唱片就直接讓黑膠唱盤轉動起來，是馬勒的第一號交響曲。

開頭撲朔的弦樂和聲猶如一團森林中的清晨迷霧，接著管樂吹出布穀鳥的啼鳴，慢慢喚醒整個世界。我上前一看，這是庫貝利克指揮巴伐利亞廣播交響樂團的版本，雖然是一九六七年的錄音，卻充滿了演奏當下活生生的呼吸氣息，甚至有種親密感，讓人深深被吸引到音樂裡面去。我不由得讚嘆：「類比錄音還是充滿魅力啊。」

「雖然數位錄音越來越精細，可以用十幾支麥克風把樂團各聲部細節都抓得一清二楚，事後再來混音調整。但有些老類比錄音反而更直接捕捉了音樂的全貌，還原現場的整體相。」

「這就像用黑白底片拍攝、手工沖放的人物肖像，有時候比數位照片更有神魂一樣。」

「沒錯。」學長在沙發上安穩地坐下，露出難得的自在表情。

「沒想到學長有這麼一間聆聽室，真享受。」

「在這裡聽音樂有個好處，就算半夜開大聲也不怕吵人。」學長點起菸。

茶茶男孩一進地下室就到處東翻翻西看看，最後在一大落黑膠唱片旁坐下，煞有介事地檢閱。我看著茶茶男孩，想起早上他說如果今天不來找學長的話就會後悔莫及，難道他竟然知道店要歇業的事？無論如何我在最後一天來訪，甚至闖進學長從未揭露的個人空間，怎麼想都是不可思議的事情。

「這套音響真好，如果買得起的話，我也想要有一套。」我說。

學長露出微微得意的笑容說：「這套音響並不貴，而且是七拼八湊來的。有些是朋友淘汰不要，有些是在二手市場撿到便宜。兩對喇叭都不是單體，各自有高、低音，小

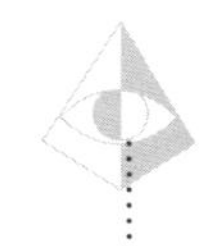

的那一對音質好但是力道不夠、音場薄弱，我試著加上底下那對粗魯的大音箱來補強，沒想到搭配起來效果意外出色。」

我仔細聆聽了一會兒，也不知是否被他剛才這番話所暗示，音響聽起來真的沉穩篤定，爽快不失細膩。

那邊，茶茶男孩打開手機遊戲，但確認沒有訊號之後又趴在一堆書上睡著了。貓真是在什麼地方都能睡，就算在全力播放馬勒交響曲的喇叭前面也一樣。

「我曾對前妻做過很惡劣的事。」學長冷不防提起這個話題，「事情過後我才終於明白自己對她造成多大的傷害，試著想向她道歉，但已經無法再得到她的原諒。有些事情，一旦造成錯誤就無法挽回，連彌補都不可能。」他表情平靜，但語氣中透露著深深的遺憾，說完又把泡著小蠅的馬爹利一口喝乾。

「你還是很愛她吧。」我瞥了邊櫃上那些照片一眼。

「我已經失去愛人或被愛的能力。」學長消沉地說。

「難得看到你這麼沮喪，不過在我看來並沒有那麼糟。」我猜想或許是餐廳結束營業加上酒喝多了，才讓他格外低落。

「不，我有些部份是你不瞭解的。」學長望著不存在的遠方，「我們曾經很熱中投入某種投機事業，兩人的直覺都很強，她甚至比我更敏銳，所以初期經營得非常順利，很快就賺了一大筆錢。簡直就跟自家後院噴出石油一樣幸運。」

「是股票或期貨嗎？」我很意外像學長這樣的人竟也會沉迷於投機事業。

「不是股票或期貨，也不是比特幣，很難具體說明，總之是種虛幻的交易。這種事情乍看是無本生意，其實非常勞心。當我們察覺的時候，兩個人都已經消耗得很厲害，經營績效也迅速下降。如果那時候斷然收手，雖然稱不上全身而退，至少傷害還不算太大。」學長廢然吐出大團煙霧，像把一隻討厭的害蟲往死裡揉般按掉菸屁股，隨即又點上一根，「但我當時陷得太深，不只是快速致富的誘惑，更多的是操作過程中帶來的虛假成就感，一種能夠隨心所欲發揮創造力的錯覺，所以完全被蒙蔽，沒有看到情勢迅速惡化。」

「莫非學嫂勸你退出，但你堅持不肯？」

「她比我有天分，因此陷得比我更深，更難自拔。我是唯一有機會拯救我們兩人的那一個，卻任由事情變得不可挽回，終於受到難以承受的傷害。」

「你們也因此分開？」

「可以算是吧。」

這時交響曲播到第三樂章，在定音鼓的送葬步伐下，低音大提琴悠悠唱出著名的主題旋律。

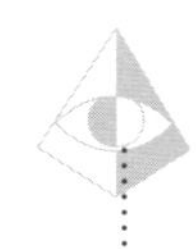

我說：「我第一次聽到這段旋律的時候先是愣了一下，然後差點笑出來，居然是〈兩隻老虎〉，只是變成小調了。後來才知道這原本是歐洲民謠〈雅各兄弟〉，歌詞也跟老虎一點關係都沒有。」

「其實在波希米亞地區本來就有類似的小調送葬曲，馬勒很喜歡在作品中引用故鄉的民謠素材，算是一種童年回憶吧。」這時一段喧囂油滑的曲調硬生生插了進來，充滿俗擱有力的鄉野走唱風情。學長說：「這是猶太人的克列茲姆舞曲。」

說到這我想起一件趣事：「我剛開始跟薰交往時很熱心和她一起聽音樂，有一次她來我家，我花了一下午把馬勒十首交響曲裡的慢板都放了一遍，聽完之後覺得心靈得到澈底的洗滌，但薰卻好像整個人掉進冰湖裡面，心情變得非常差。」

「我相信，對聽不慣的人來說那可是一種折磨啊。」

「我當時不太懂，明明就是那麼美的音樂啊，就像現在這裡——」

送葬曲和猶太那卡西糾纏一陣之後緩和下來，忽然轉入一段美麗的旋律，那是牧歌風的〈情人的藍眼睛〉，充滿回憶與緬懷，在溫柔中帶著些許感傷。但餘韻猶存之際，不祥的鐘聲不由分說敲響，送葬腳步再次大步邁開，比先前更加決絕。

「我現在比較理解了。」我說，「馬勒的音樂情緒轉換太快，好像原本走在至親好友的送葬隊伍中，心裡正覺得十非悲痛，半路上卻忽然遇到一群江湖走唱的那卡西樂師，在旁邊不斷演奏廉價的歡樂音樂。好不容易安靜下來，掉入溫馨的回憶漩渦，送葬的腳步卻又大步邁開，很容易讓人情緒錯亂。」

「不只錯亂，根本就是整人啊，聽眾搞不清楚你要表達的到底是悲慟、滑稽還是溫馨？怎麼這些情緒全都絞在一起糾纏不清？當年這部作品發表之後反應很差，馬勒甚至在十年後才出版總譜，他的音樂更是到二十世紀中期才逐漸被人們接受。」

「這樣說來很有意思，我到最近才意識到馬勒音樂的自我衝突性，一直以來都很自然把它們當成整體來享受，一點也不覺得怪。」

「其實馬勒的音樂很接近意識流動的方式，人的思緒本來就是不斷跳躍、隨機聯想，情緒也會在一瞬之間轉換。馬勒音樂受到現代人歡迎，正是因為符合現代人的內心狀態。」

我醒悟到：「他的音樂跟夢境很像，充滿象徵又不斷變化。」

「確實有幾分類似。馬勒可以算是作曲家中的第一個現代人，還接受過佛洛伊德的精神診療。」這時第三樂章結束，樂團忽然天崩地裂般猛然齊奏，我們被淹沒在狂暴的聲音浪潮中。等音樂緩和下來，學長才繼續說下去：「所謂的『現代』並不只是坐火車、使用電燈、接受心理分析，或者經歷現代社會的疏離和衝突而已。嚴格說來，『現代心靈』其實是很晚近的東西，古代人的心靈和大自然、鬼神精靈的世界是融為一體

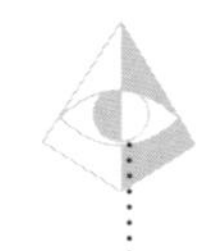

的，和宗族成員之間也沒有分別得那麼澈底。譬如很多原始部族認為每個人都有一個叢林魂，少年的成年禮是被獨自拋進荒野裡，歷經接近死亡的考驗後才能找到自己的叢林魂，那可能是一頭野獸或某棵樹木，是他在自然中的投射對象，也是他的守護者。」

「我完全相信，我跟一個布農族的老獵人爬過山，他在深山裡怎麼走都不會迷路，就算偶爾失去方向，也會有某個神靈指點他。」我笑道，「可惜都市人找不到叢林魂了，不然我也滿想知道自己的守護者是什麼……」

旁邊忽然「嘩啦」一聲，原本趴在書堆上睡覺的茶茶男孩歪倒在地上，把整疊書推散了一地。

「茶茶你別搞破壞啊。」我連忙上前扶起茶茶男孩，他睡眼惺忪，好像根本不知道發生什麼事。

「沒關係。」學長莞爾一笑，「讓他躺在床上好了。」

「真是不好意思。」我把茶茶男孩安頓好，正想收拾那些混進雜物堆中的書本，學長卻擺擺手說無所謂。

「剛才說到現代心靈，差不多就是在十九世紀末完成的，個人的心從自然中區隔出來，和其他人區隔出來，甚至自我區隔成幾個不同的部分。這是人類心靈史上的一次巨大革命，也是現代世界構成的基礎。」學長頓了一頓，「但這不是沒有代價的，心靈獨立的過程會有撕裂和痛苦，失去群體支持也會變得脆弱而缺乏保護，更有可能遭到某些力量入侵，甚至分崩離析。馬勒了不起的地方，就是超越時代率先看到這些變化，並且譜寫成音樂。」

音樂進入第四樂章的第三段，激昂的情緒一時沉寂，回到整首交響樂最初的氣氛，布穀鳥的動機再度出現，我曾在書上看到，這代表大自然的勝利、人的敗北。但人隨後依然展現出鬥志與力量，激昂地奔向全曲尾聲。

音樂結束後，我呼了一口氣，小房間裡陷入令人耳鳴的寂靜。

我忽然想起一件事：「馬勒說他音樂中的突兀情緒轉換和童年經驗有關。他的父母經常激烈爭吵，有一次他覺得快要受不了的時候，卻聽見街上傳來走唱樂隊演奏的一首通俗歡樂曲子〈噢，親愛的奧古斯丁〉，這種巨大的反差讓他留下極深的印象，也造就他充滿矛盾的曲風。這個故事很有名，但我一直不知道〈噢，親愛的奧古斯丁〉是什麼樣的曲子？」

「O Du Lieber Augustin.」學長會心一笑，起身在雜物堆中翻出一張唱片，放到唱盤上播放起來。喇叭裡傳出簡短的口風琴前奏，接著一群男聲旋即合唱起德文歌曲：「O Du Lieber Augustin, Augustin, Augustin~~」

我一聽到主旋律時整個人都傻了，這不就是〈當我們同在一起〉嗎？沒想到令馬勒

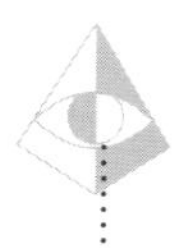

體悟到生命諷刺性的曲子，竟是我們同樣耳熟能詳的東西，頓時覺得跟馬勒的距離並沒有那麼遙遠。我讀起解說本上的歌詞，如此歡樂如同兒歌的曲調，歌詞描述的情境卻十分不堪：親愛的奧古斯丁，什麼都沒了，錢也沒了，女友也沒了，外套也沒了，手杖也沒了，一無所有跌坐在泥巴裡，就算是富裕的維也納也有像奧古斯丁這樣的窮鬼……

曲子很短，一下子就演完了，學長操作唱臂又重新播放一次。

「這好像在嘲笑那些悲慘的人，當作兒歌未免殘忍了點。」我說。

「這其實是苦中作樂的自我解嘲。奧古斯丁是十七世紀維也納黑死病大流行時期的遊唱歌手。」學長深深埋進沙發裡，「傳說他有一天晚上醉倒在路邊，被誤以為是死屍而抬到城外的亂葬坑裡。天亮之後奧古斯丁醒來，發現自己躺在一堆黑死病患的屍體中度過一晚，一開始當然非常害怕，覺得自己一定也會染上黑死病，但他立刻又豁達地想，自己原本怎麼活的，那就怎麼死吧。於是他拿起隨身的風笛開始演奏，結果引起人們注意，趕緊把他救出來，他居然也奇蹟般沒有染病。事後他寫下這首曲子，馬上就傳唱開來，甚至被維也納人當成黑死病中的希望。」

〈噢，親愛的奧古斯丁〉再次播完，學長抬起唱針把唱片收回封套，一邊說道：「Alles ist hin，什麼都沒了！馬勒童年時在情緒風暴裡聽到的廉價曲子就是這個——什麼都沒了，幸好一條小命還留著。德國人把這個稱作Galgenhumor，絞刑臺幽默，比黑色幽默更刺激的嘲諷。」

「這該說是豁達還是無奈？仔細想想也滿悲傷的。」我說。

「都是。」學長說。

小空間裡陷入沉默，彷彿方才的歡樂曲子把空氣挖了一個洞。我看看手錶已經過了午夜，搖醒茶茶男孩向學長告辭。學長也不多挽留，爽快地起身上樓，送我們出門。

「學長接下來有什麼打算，會開新的店嗎？」我站在店門口的木製招牌下說。

「現在還沒決定，也許先休息一陣子吧。有新的計畫會馬上告訴你。」

「一定要第一時間通知我。」

「那當然。」

我忽然醒悟，這麼久沒有來找學長是出於某種不忍心，以及混雜了自覺窩囊的情緒。一方面不願見到這家店日益窘迫的模樣，那反映了學長的生命狀態。另一方面自己滿口夢想卻沒有實踐的能力，只能隨波逐流混口飯吃，覺得沒臉見他。但我隨即意識到這種想法的卑劣，真正的朋友是不會在乎這些事情，永遠彼此支持的。

學長也許察覺的我的複雜表情，叫我等一下，轉身回店裡去，再出來時拿著剛才的兩張唱片，遞到我手上：「這兩張送你。」

「我自己去買就好……而且我沒有黑膠唱機可以播。」

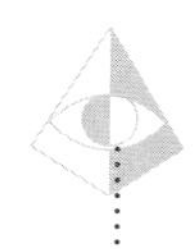

「沒關係，就當作餐廳歇業的紀念品吧。」

他這樣說，我只好收下來。

學長掏出菸盒，發現裡面剩下最後一根，抽出來默默點上，像是陷入了深思。他仰頭吐出一大口煙，看見那面木製的店招牌，伸長了手把它取下來，綻開笑顏說：「Alles ist hin.」

「Alles ist hin.」我模仿學長的發音複述，「學長保重。」

「再見。」學長如同往昔般和我用力握手。

「拜拜！」茶茶男孩精神飽滿，完全不像剛睡醒的樣子。

捷運已經停駛，我拉著茶茶男孩到大馬路上攔計程車。等上了車才想起來，我只有餐廳的電話，沒有學長的手機號碼，也沒有任何網路社群帳號。拿起手機想打到店裡問學長，卻發現沒電了。

我埋怨道：「茶茶！你把我的手機玩到沒電了啦，害我不能打給學長，你這臭貓。」茶茶男孩聽而不聞，自顧趴在椅背上向後張望，彷彿這事與他無關。「算了。」我心想應該沒有必要現在折回去問，明天再打電話好了。

然而隔天我完全忘了這件事，等過一陣子想起來的時候再打去，只聽見電信公司的答錄語音用非常跋扈的語氣說：「您所撥的號碼是空號，請查明後再播。」

我就這樣失去了和學長的聯絡。有些事情你以為永遠會在那裡，彷彿萬世不移，往往卻在彈指間就此消失，猶如夢幻泡影。

第4章

小栩和虎姑婆的故事

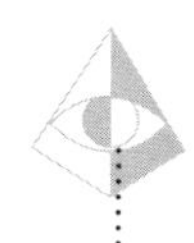

去過學長的店以後，我終於做了轉職業以來第一個有商品價值的夢，一個清明夢，但是我卻決定不要賣掉。

我以前只做過幾個清明夢，那是很奇妙的體驗，你在夢裡，忽然發現這是個夢，感官無比鮮明，甚至比現實還要真實。清明夢有個弔詭之處，照理說進入一個自己可以控制的夢境裡，等於擁有無限自由，可以為所欲為，然而這時卻往往想不起平時念茲在茲的夢想或慾念是什麼。這好像一種條件交換：你可以進去完全自由的夢境，但得把夢想留在門外。

每次從清明夢裡醒來，我總會質疑自由的意義。如果一個人失去了自我和記憶，那麼完全的自由還能算是自由嗎？當然，清明夢是非常愉快的，那本身就足夠了。可是一旦發現有機會進入清明夢，就會忍不住想要在其中實現各種慾望，人就是這樣貪心。

不過偶爾也會有幸運的時候，彷彿清明夢的守門人疏忽了、睡著了，任由你帶著記憶進去那個房間。

這天就是如此，夢境展開時，我想召喚的人已經在那裡。夢的內容非常簡單，只是一個吻，和小栩的吻。我和小栩四唇輕輕相接，除此之外沒有任何動靜。唇上傳來的觸感如此清晰，遠遠超過實際經歷的任何一個吻。

我當然沒有吻過小栩，這是大腦翻箱倒櫃，把所有記憶銷融混合之後再提取出來，最純粹、最概念性的吻。這個世界上並不存在兩個相同的吻，不同年紀、不同對象、不同心情、不同時間地點，甚至不同的口腔氣味，造就出每個不同的吻。就像世界上沒有兩匹完全一樣的馬，「馬」這個字作為一個集合概念，指涉的是無數變異的個體，「吻」也是。

然而在清明夢裡，概念性的吻的確存在，它獨一無二卻又包含了全部親吻經驗，並且洗鍊地以最完美的樣態呈現出來，極其純粹。更因為感覺訊號鉅細靡遺、不含任何雜訊和干擾，因此真實無比。

我靜靜吻著小栩，體會她淡淡的鼻息，心裡驚喜，又小心不讓太多念頭把夢吵醒了。這吻是如此純粹靜好，明晰得超脫現實，我頓時明白這就是永恆——這個吻埋藏在我大腦億萬神經元錯綜交織的意識之海深處，這裡與時間無涉，沒有起始也沒有結束，就只有一個如同國際公尺原器般絕對的完美之吻。

我希望就這樣天長地久吻下去。

●

清明夢麻煩的地方是，如果你想控制夢境的意念太強，夢就給你擰醒了。但當你充

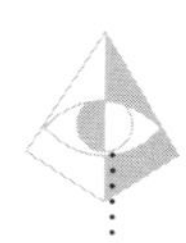

分享受夢境而克制著不介入，夢就沉了，恢復成一個普通的夢，乃至沒有留下記憶。

耳邊傳來鳥叫聲和車聲，手心裡摸到床墊的觸感，夢境迅速消退，我逐漸醒來，花了幾秒鐘才想起自己是誰、這裡是什麼地方。

「太棒了。」一個人站在臥房門口拍手讚嘆，「轉職業的第一夢就有這種水準，你準備大紅大紫吧。」

「莫費思？」我揉了揉眼睛。

莫費思帥氣地取出Dreamsphere，姿態卻好像冷血殺人狂拿起電鋸：「是清明夢啊，而且還跟美人接吻，這在市場上價格高得嚇死人呢。」

「這個夢我不賣。」我霍地坐起身來搖搖手。

「你又在彆扭什麼。」

「不賣就是不賣，這是創作者的私人收藏。」

莫費思嚴肅地說：「身為職業夢者還摻雜個人感情，太不專業了。」

「明天我再做別的夢賣你。」

「明日復明日，明日何其多。」

茶茶男孩忽然從客廳跑過來，把莫費思往外拉：「你走開，不可以進來我們家。」

莫費思訝異道：「這……好胖的貓！」

「喵吼！」茶茶男孩對這話非常生氣，「你出去！」

「唉呀，居然出爪子。」莫費思身子急縮，往後退了一步。

我跳下床，對茶茶男孩說：「不要對客人那麼兇。」

「夢已經開始消散，來不及擷取了。」莫費思看著他手錶上顯示的數值，搖頭說道，「可惜啊，這麼大好的夢境。」

「下次再說吧。」我把莫費思送出門，他回頭看著茶茶男孩，表情十分疑惑，好像遇見一個摸不透的外星生物似地。茶茶男孩把大門「碰磅」一聲用力關上，並且把兩道暗鎖都拴上。

我回到臥房，剛才的夢境已在一陣混亂後消散無蹤，只勉強留下一點模糊的印象，完全沒有足堪回味的清晰感受。我把雙手按在猶有餘溫的床墊上，徒勞地想要喚回夢裡的感覺，忽然有點後悔，覺得或許應該讓莫費思把夢先擷取出來，然後自己買回來好好保存。

●

接下來幾天我沒有再夢到小栩，但扎扎實實做了幾個充滿想像力的夢，也都賣了好

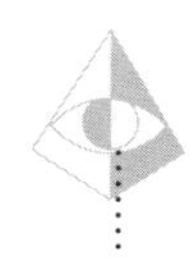

價錢。奇怪的是，莫費思不再像以前那樣能夠神出鬼沒地出現在我房間，而是得透過iDream手錶跟我聯絡，叫我開門。

茶茶男孩對莫費思充滿敵意，一步也不讓他踏進家門，我只好到樓梯間去讓他擷取夢境。

莫費思不曾提起那天的事，倒是我自己沉不住氣，問他有沒有可能把舊的夢擷取出來。他說不可能，因為短期記憶區很快就會把內容清掉，長期記憶區則只會有零碎片段的東西，硬要擷取不但效果很差，更有可能傷害腦部。

「下次還是乾脆點，讓我第一時間擷取吧。」莫費思說這話的時候正用吸管喝著一盒巧克力牛奶，吸得盒底精光，發出粗魯又刺耳的「咕呼咕呼」聲。我不由得想像夢境被擷取時，我的大腦也像這樣「咕呼咕呼」地被搜刮殆盡。

我不知不覺養成一個習慣，每賣出一個夢就去西門町給那個長得像李麥克的流浪漢三百塊，自己也說不清楚為什麼要這麼做。久了之後我才慢慢理解，這是某種揉雜著優越感和贖罪心態的結果。

我走在自家附近的巷子裡，平常看慣的人事景物，如今觀感已全然不同。譬如那位中午開張深夜收攤只在過年休息五天的麵攤老闆，或者在櫃檯電腦上玩接龍踩地雷數十年如一日的舊書店主人（我很想勸他好歹玩個有趣點的遊戲吧）、總是仰天張大嘴巴睡著的夜班保全、頂著烈日酷暑騎機車送件的快遞員，還有各種各樣討生活的人們……

對於這些努力討生活或者只是單純掙扎求生的人，我還是保持敬意，但誠實地說，我非常慶幸自己已經從那其中脫出了。我不再以時間為單位賤價出賣自己的勞務，而是產出高附加價值的創意。我賣夢為生，甚至可以賣夢致富，這只有在以夢境支持夢想的時代才有可能成立，我躬逢其盛。

但我仍無法抹去那一絲罪惡感，自己何德何能享受這一切？儘管莫費思開導過我，說我們不偷不搶，買賣雙方心甘情願，天經地義——我還是必須用施捨三百元給李麥克這種方式，儀式性地消解內心無法被說服的某一塊良心或軟弱或沒出息。

這個想法很卑劣，但很有用。

李麥克收到錢總是很乾脆地揣進口袋，沒有千恩萬謝的卑微姿態，當我不給他錢時也不會露出渴求的眼神。我欣賞他瀟灑的態度，因此選定他作為「回饋」的對象。我都叫他老哥，他竟然懂得讀心術似地叫我夥計，讓我十分開心，忍不住每次給錢之後都在心裡默默重複電視劇的臺詞：

霹靂車，尖端科技的結晶，是一部人性化的萬能電腦車。出現在我們這個無奇不有的世界，刀槍不入，無所不能。

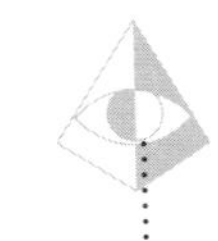

我上網搜尋小栩的作品，她出版過幾本童書繪本，最引起我注意的是《虎姑婆》，於是訂購了一本。

隔天書送到附近的便利商店，我取貨之後迫不及待拆開包裝翻看。小栩的畫風明亮率直，為這個古早民間傳說賦予強烈的新鮮感。不過讓我越翻越驚訝的的是，她大幅改寫了故事內容，甚至加入不少具有詭異色彩的細節。譬如虎姑婆不是以傳統的老太太形象出現，而是打扮成妖嬌美豔的少婦，拿著新奇玩具來引誘小孩開門。

……妹妹問說，姑婆怎麼那麼年輕？姑婆呵呵笑說，她是曾祖父最小的女兒，輩分雖高，年紀卻不大。虎姑婆從窗子裡遞進一個萬花筒，說這是要送給她們玩的。姊妹倆接過來一看，開心極了，這是她們很久以前就想要的，只有城裡才買得到的玩具。虎姑婆說她還有更多好東西，誰先幫她開門她就送給誰，於是姊妹倆開門讓她進來。

中間幾段情節大致延續民間傳說，虎姑婆一度露出老虎尾巴被姊姊發現，但編造了一番謊言掩飾過去。虎姑婆要兩姊妹玩遊戲，贏的人可以得到獎品，最後一個遊戲是比賽誰洗澡洗得乾淨、洗得香，就可以跟漂亮的姑婆一起睡，結果妹妹贏了。

半夜裡，姊姊聽到喀啦喀啦的聲音而醒來。在清亮的月光下，她看見虎姑婆背對著她正在吃東西。姊姊問姑婆在吃什麼，虎姑婆說在吃龍眼。姊姊說我也要吃，虎姑婆說龍眼吃完了，還有一些花生給妳。姊姊拿起「花生」湊著月光一看，發現那是一截小指頭，而虎姑婆自己正在吃的竟然是一顆眼睛！原來可憐的妹妹已經被吃掉了。

接著姊姊想逃走，推說要上茅房，虎姑婆在她身上綁了一根繩子不讓她走遠。姊姊把繩子綁在茅房的柱子上，逃到屋外，聽見虎姑婆追出來的聲音，情急之下趕緊爬到湖邊的一棵樹上，躲在茂密的枝葉裡。

虎姑婆找不到姊姊，假裝非常憂傷，說了很多擔心的話想騙姊姊自己現身。姊姊躲在樹上，不敢發出一點聲音。虎姑婆脫下時髦的衣裳，露出本來面貌，她身形矯健俐落，是一隻非常漂亮的老虎。姊姊看了差點驚叫出來，虎姑婆身上有許多縫隙慢慢張開，那竟然是一對又一對眼睛，全都是被她吃掉的孩子的眼睛。

幾十對孩子的眼睛上下轉動，到處張望搜尋，沒有任何角落逃得過他們的目光。姊

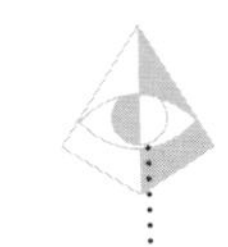

姊認出虎姑婆頭頂上的那對眼睛正是妹妹的，她太熟悉了，絕對沒有錯。就在這個時候，妹妹的眼睛也看到她，用力睜得好大，一時間所有孩子的眼睛都看向她，虎姑婆因此知道了姊姊的藏身之處。

姊姊拚命往高處爬，虎姑婆不會爬樹，一掌又一掌拍打樹幹，整棵樹慢慢向湖面倒去。虎姑婆爬上傾斜的樹幹一步步逼近，姊姊已經無路可逃，心想寧可跳進湖裡淹死也不要被虎姑婆吃掉。

這時月亮升到最高的地方，把湖水照耀成一片銀白色，也在水面上映出美麗的倒影。孩子們的眼睛一看到湖裡的月亮，忽然全都流下淚來，接著一對又一對從虎姑婆身上彈了出來，變成星星飛到天上。虎姑婆慘叫一聲，跌進湖裡淹死了。

姊姊看見妹妹的眼睛，想要伸手去抓卻抓不到，只能看著它越飛越高，越飛越高，最後混在所有的星星裡面，再也分不出哪一對是妹妹的眼睛了。

我反覆看了幾次，覺得小栩的改編很有意思，但也不由得好奇，這麼詭異驚悚的故事，小朋友看了不會嚇到嗎？仔細想想，民間傳說中虎姑婆半夜吃掉妹妹，還把小指頭丟給姊姊的情節其實就已經很恐怖了，但小孩就是很愛聽。

過了幾天，我打電話約小栩出來喝咖啡，她很爽快地答應了。

我問她有沒有用臉書或Line，平常可以聯繫，她說沒有。

「Line看起來很方便，其實把人的距離拉遠了，我很不喜歡。」小栩直率地說，「我妹每次跟朋友用Line約見面，你來我往傳了半小時都還搞不定，每一句來回都要想好久，揣摩對方的想法、考慮遣詞用字得不得體，有時遇到一時不知道該怎麼回答的事情還要假裝沒看到，避免已讀不回。一通電話三分鐘就能搞定的事情，何必那麼麻煩？」

「嗯，現在很多人不用通訊軟體好像就不會聯絡了，老實說我有時候打電話還會有點緊張呢，自己都不知道在緊張個什麼勁。」我沒說，打這通電話給她，直到現在手心都還在滲汗。

「對啊，依賴通訊軟體之後，人跟人反而無法直接溝通了。」她說。

我們很快約好時間地點，結束通話之後茶茶男孩第一時間又把手機搶去玩，我看著他的側影，心中暗暗盤算那天要怎樣把這傢伙支開。

「我也要去跟小栩姊姊玩。」茶茶男孩冷不防說道，彷彿有讀心術似地，「小栩姊姊是好朋友。」

「你又不認識。」

「去了就認識了。」茶茶男孩頭也不抬，繼續玩著。

小栩推薦一家在永康街的咖啡店，當天我提早到店裡等她。沒過多久我從窗口看見小栩來了，她穿著森林綠色的上衣，上面印著重複的細小花樣，後來我才看清楚是捕夢網的圖案。

茶茶男孩衝上前去幫她開門，小栩看看他又看看我，驚訝地說：「他長得跟你好像，是你兒子嗎？」

「怎麼可能，這是我外甥，叫做茶茶。」我疑惑道，「為什麼大家都說他跟我長得很像，明明一點都不像啊。」

「表情非常神似。」小栩扯了扯茶茶男孩的臉皮，他瞇著眼顯得非常享受。接著小栩熟門熟路地跟老闆打個招呼，帶我們下樓到地下室的座位。

茶茶男孩還沒坐定又開始玩起手機，但立刻發現沒有訊號，無奈地把手機還我。我說：「你這麼愛玩，我幫你裝一些可以離線玩的遊戲好了，不過小孩子一直玩手機對眼睛很不好。」茶茶男孩「哼！」地一聲轉過頭去。

小栩說：「這家店不提供免費Wifi，客人大多是來聊天或看書，我喜歡這樣的氣氛。」說話間咖啡送來了，小栩把咖啡杯放得離自己遠遠的，保持桌面淨空，我還以為她要拿出什麼東西放在桌上但也沒有，後來才知道她這麼做的用意。

我從背包裡拿出《虎姑婆》請小栩簽名，她見了有些意外，隨即大方地在扉頁上簽字。

「喜歡嗎？」小栩俐落地問。

「很棒，我喜歡妳的用色。故事的結尾很美，也很悲傷。」我接過書端詳小栩的簽名，她的字在娟秀中不失瀟脫。「為什麼選擇這個題材來改編呢？」我問。

「小時候我們家有很多繪本，其中有一本《虎姑婆》，我跟我妹特別愛看，幾乎被我們翻爛了。但是後來那本書不見了，我就想自己來畫一本。」

「不過虎姑婆身上長滿被她吃掉的小孩眼睛，這些眼睛還會替她尋找獵物，這實在有點驚悚，小孩看了不會怕嗎？」

「不會啊，好好玩喔。」茶茶男孩興味盎然地翻著繪本。

「兒童對於幻想事物接受度很高，往往超過成人的想像。」小栩說。

「妳怎麼想到這個點子？」

「我夢到的。」小栩說，「雖然希臘神話有百眼巨人，日本民間傳說也有百目鬼，但那些我都是後來才知道。這個故事原本是我的一個夢，當然經過不少修改，變成情節

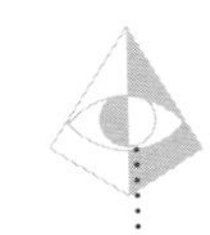

連貫、適合繪圖表現。」

我反射性地想這個夢可以賣不少錢，但當然沒這麼說，而是道：「妳經常做這麼有想像力的夢嗎？」

「如果有就好了，這樣就不用那麼辛苦去想故事。」

「其實原本民間傳說就已經很恐怖，小女孩半夜看到姑婆吃東西，跟她討一點來吃，丟過來的卻是妹妹的手指頭，怎麼想都很嚇人啊。」

「全世界都有類似的民間傳說，譬如小紅帽、大野狼與七隻小羊，都是邪惡的野獸假裝成女性長輩，企圖吃掉小孩。在中國各地、日本和韓國也都有類似虎姑婆的故事，老虎有時假扮成外婆，有時是媽媽，連排灣族和卑南族也有情節幾乎一樣的故事，只是把老虎換成怪物或熊。」

「真是有志一同，大家對女性長輩有這麼深的恐懼嗎？」我開玩笑說。

「我想女性長輩象徵的是大地母性，也就是自然的力量。自然帶給人們豐饒的收穫，但也會忽然用巨大的暴力摧毀一切。」小栩摸摸趴在桌上看繪本的茶茶男孩，「臺灣沒有老虎，這個故事是從大陸傳入的，但在臺灣格外受歡迎，最後變成臺灣代表性的民間傳說。雖然經過不斷口耳相傳，某些關鍵情節始終沒有改變，譬如虎姑婆把妹妹吃掉，還有姊姊用智慧逃走等等，表示這些情節反映了人們普遍的想法，也就是集體潛意識。」

「這麼說來，虎姑婆也就是臺灣人共同的夢境了。」

「對。不過現代社會和以前變化很大，傳統的故事慢慢和人們脫節，所以我用不同的方法來重講一次。」

「在妳的故事裡，姊姊最後是被長在虎姑婆額頭上的妹妹眼睛發現的，我很好奇，那時妹妹的眼睛還有意識嗎，她是想要找尋姊姊，還是單純成為虎姑婆的工具？」

「你要怎麼解釋都可以，我只能說，姊妹之間的連結始終都沒有被切斷……」小栩說到這裡時，毫無預兆地身子一軟趴倒在桌上。我嚇了一跳，連聲呼喚卻都得不到回應，不知該不該呼救求援。

「小栩姊姊睡著了。」茶茶男孩頭也不抬，渾若無事地翻看著繪本。

「睡著？」

「嗯，她正在做夢喔，很有趣的夢。」

我仔細觀察，小栩表情平靜，呼吸也很穩定，沒有任何不舒服的樣子，確實像是睡著了。而她的眼皮底下眼球迅速轉動，似乎真的是在做夢。

「哪有人一睡著就馬上做夢的？」我覺得不可思議。

「如果是體貼的男人，應該會幫她蓋個外套吧。」茶茶男孩老氣橫秋地說。

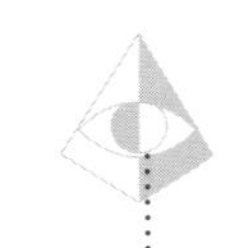

「她會睡多久，真的不要緊嗎？」我竟然問一隻貓這種問題。

「放心，她不會睡太久。」茶茶男孩說。

我猶豫了一下，脫下外套披在她背上，枯坐了一會兒之後漸漸放下心來，從書架上隨手抽了一本《世界末日與冷酷異境》來看。結果連第一頁都還沒看完小栩就醒了，她很快恢復清醒，沉湎在回想中說：「我做了一個夢。」

「妳還好嗎？」我放下書本。

「對不起，我有發作性嗜睡病，有時候會像這樣忽然陷入深度睡眠，希望沒有嚇到你。」

「我的確有點嚇到，還猶豫要不要求救。怪不得妳把咖啡杯放那麼遠，這會時常發作嗎？」

「最近比較少，我本來以為已經好了。」

「看過醫生嗎？」

小栩猶豫了一下，說：「看過，但沒什麼用。」

我覺得她似乎不太想討論這件事，於是沒有追問。她發現身上披著我的外套，道了謝脫下來還我。接著我們漫無目的閒聊起來，十分開心，她後來毫無異狀，我幾乎忘記有這件插曲。

為了彌補她忽然睡著的失態，小栩邀請我們到她在淡海的住處去玩。我說嗜睡症是一種疾病，她一點都不需要道歉，不過我當然非常樂意去。

小栩住的地方在淡海新市鎮附近的一處小山坳裡，我開車到捷運紅樹林站和她會合，然後由她帶路，走登輝大道過了新市鎮之後彎進一條偏僻小路，最後開進一個有警衛門禁的社區，裡面全都是獨棟別墅。

「沒想到妳住豪宅，這裡居然有這樣的社區。」我說。

「這是一個度假別墅社區，但因為太靠海，屋子腐蝕得很嚴重，地方又偏僻，所以住的人並不多。」小栩指示我開進一條車道，然後轉入一棟別墅前的專屬車位停好。「這是我阿姨的房子，閒置很久，我就跟她借來住。」

我下車觀望，這是一棟兩層樓的透天洋房，正面有幾根立柱和整片落地玻璃，相當大氣。房子四周種滿了樹，被綠蔭團團圍住。不過正如小栩說的，屋況已經有些老舊，隔壁家顯然荒廢多年，院子裡的雜草快要比人還高。

小栩開門領我們進去，大廳挑高寬敞，屋內十分開闊，還有一道室內梯通往二樓，

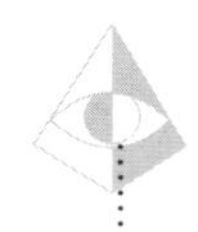

整個空間疏朗大氣。雖然陳設簡單，但整理得乾淨舒爽，是個好地方。

「妳一個人不會怕嗎，為什麼要住到這裡來？」

「養病。」小栩開玩笑似地吐吐舌頭，「住在這裡之後，嗜睡症慢慢改善了不少。」

茶茶男孩像進了樂園般到處東看西看，每個房間都探頭觀察一番。小栩先在廚房煮水泡紅茶，茶茶男孩打開電視，發現沒有有線電視臺，只有幾個無線臺可以看，而且衛星訊號很不穩定。

小栩領我們到樓上，穿過L型的走廊到最深處的書房。第一眼看到的是兩面大玻璃窗，正對著窗外的樹冠，滿滿都是綠意。十坪大的房間裡只擺著一張大桌，上面有許多畫具，是她工作的地方。背後有一整面書架，隨興擺著一些書。

茶茶男孩趴在玻璃窗上往外看，興奮地發現外面樹枝上有個空鳥巢。「離窗戶好近喔！」他把窗戶打開，一伸手就要把鳥巢摘下來，我趕緊阻止他。

「夏天的時候有綠繡眼在這裡養育小鳥喔。從外面看這是樹蔭最深的地方，綠繡眼大概覺得很安全所以在這裡築巢，但牠沒想到巢位幾乎貼著玻璃，從屋裡看得一清二楚。」小栩把兩邊窗簾拉緊，只留中間一條小縫，「我白天把窗簾拉上免得打擾牠們，有時候偷偷拉開一道小縫來觀察。等到晚上母鳥睡著之後，就算用手電筒照也不會醒。」

「這根本是天然巢箱，妳可以架攝影機開直播了。」我說。

「真的。我從母鳥下蛋開始觀察，一開始有三隻幼雛，公鳥和母鳥每天忙進忙出餵食，三隻小鳥長得很快，黑色的羽毛前面慢慢長出綠色的絨毛，實在很有趣。」

「我小學的時候，有一陣子班上同學流行養小鳥，把鳥放在冰淇淋保麗龍桶子裡，下課的時候就餵點東西給牠們吃。每次只要桶子一震動，小鳥以為母鳥回來，都會伸長脖子啾啾啾叫個不停。」我伸手探出窗外，觸摸樹上那個鳥巢，它的高度剛好在我的胸口左右，簡直就是方便讓人觀察用的。鳥巢的觸感比記憶中粗糙，也比想像中小，但仍有鳥兒曾在這裡孵育的氣息。「我們會去士林的鳥店買小米，加點水和一和，然後用長得有點像針筒的餵食器把食物灌進小鳥嘴裡。比較有經驗的同學說光吃飼料營養不均衡，所以我們也餵蘋果切片，還去草皮上抓蟋蟀之類的小蟲給牠們吃。」

「小鳥很可愛嗎？」茶茶男孩問。

小栩說：「其實一開始滿醜的，全身黑乎乎，皮膚皺皺的，有點像外星生物。但是開始長羽毛就變可愛了，而且整個過程很神奇。」

我想起一件事：「我養過一對白頭翁，那時聽同學教的方法，把小鳥托在手上然後迅速往下放，小鳥就會本能拍動翅膀，鍛鍊翅膀肌肉。但是我太急著讓小鳥學飛，又放

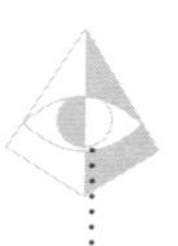

得太猛，結果小鳥直接摔在地上。我看著牠脖子軟掉，眼睛慢慢閉上，竟然就這樣死了。這讓我受到很大的打擊，可能是出於逃避吧，後來也不太去管另一隻還活著的小鳥。有一天我阿媽還跟我說，你都不照顧，牠會死掉。」

「後來呢？」茶茶男孩問。

「我把摔死的那隻埋在院子裡，禱告一番祝福牠，還插了根木條當作墓碑。但是另一隻後來怎樣我已經不記得了，究竟是好好養大之後放走，還是被我餓死，我一點印象也沒有。」說到這裡，我忽然覺得非常懊悔。

小栩看著窗外說：「有一次風雨很大，樹枝搖晃得很厲害，好像要翻過去了，但是鳥兒們都不怕，也都平安無事。反而是放晴之後，巢裡連著兩天都少掉一隻小鳥，掉在樓下地上死掉了，我猜想應該是最強壯的那隻把牠們推出去的。後來我看到剩下那隻小鳥肥嘟嘟、瞇著眼睛一副臭屁的樣子，就覺得很不順眼。」她說完笑了起來。

「我想看小鳥！」茶茶男孩叫道。

「如果明年母鳥回來這裡下蛋的話，我再叫你來看。」小栩張開雙手按著兩邊窗框，迎著從綠色樹冠裡吹來的風，「我家是在永和的老公寓，一眼望去滿街都是鐵窗。對面有位大哥經常在陽臺抽菸，我每次看到都覺得他像是監獄放風的犯人，但是馬上就發現自己也被關在另一個鐵窗裡。所以能住在這種窗戶打開就能摸到樹木的地方讓我很自在。」

「我住的地方前幾年才重新裝潢過，屋主把鐵窗全都拆掉，因為現在臺北市的竊盜案破案率百分之百，幾乎沒有闖空門的小偷了。這要『歸功於』市政府在大街小巷裡裝設的監視器，如果我沒記錯的話，總共有一萬兩千支，市長還當成引以為傲的政績。」

「不只政府裝啊，很多人也自己花錢裝。我有個朋友，她老公在自家前後裝了九個監視器，而且經常坐在客廳用五十吋大電視看監視畫面，一邊喝啤酒，一邊監看不知情的路人，樂此不疲。」

「哈哈，感覺好變態。」

「有松鼠！」茶茶男孩趴在另一面大玻璃窗上，窗外有一條水平的電線，一隻母松鼠帶著小松鼠悠哉地走在上面，然後從另一頭跳到樹蔭深處裡去。茶茶男孩看得目不轉睛，恨不得跳出去抓住牠們似地。

「這真是個好地方啊。」我轉過身來觀望，忽然意識到房間裡面的布置非常簡素，到了有點冷清的程度。一般人多少都會擺放一些照片、旅遊紀念品、扭蛋公仔、填充玩具或各種各樣的小物，這裡雖然也有一些雅緻的生活器具，但幾乎沒有任何蘊含回憶的物品。

屋裡一時陷入安靜，只有窗外鳥鳴微風，還有陽光緩緩移動時受熱的木頭地板條然

「啪！」地發出一聲清響。我想像小栩平日獨自坐在這個空曠的房間裡，面對著滿窗綠意的情景，忽然覺得時間在這裡好像不存在。

我瀏覽她的藏書和少量CD，看見一張捷克次女高音Magdalena Kožená錄製的演唱專輯《Love & Longing》，其中有馬勒的《呂克特之歌》，不由得眼睛一亮，拿起CD問：「妳也喜歡馬勒？」

「這是原本就放在這裡的，不知道之前誰來玩的時候忘了帶走。」

「妳常聽音樂嗎？」

「現在很少。以前很喜歡，但有好一陣子變得無法聽音樂了，雖然我還是會播一些來聽，可是聲音傳進耳朵卻打不到心裡去。理智上知道那是很好的東西，情緒上卻沒有感應。」

「我偶爾也會這樣，有段時間忽然對音樂變得完全冷感，或者不想聽本來最喜歡的古典音樂，只聽別的東西。不過通常幾個禮拜之後就會恢復了。」

「我這樣差不多一年了。」小栩接過那張CD仔細端詳，「不過這裡面的最後一首例外，雖然我聽不懂德文，但這音樂可以很自然地流進身體裡去，有時候我就讓它重播一整天。」

我湊近一看，那是〈Ich bin der Welt abhanden gekommen〉，於是說：「馬勒的歌

曲作品裡，我也最喜歡這一首。要不要播來聽聽看？」

「很不巧CD Player壞了，我也懶得再去買一臺。」小栩吐吐舌頭一笑。

「真可惜。」

我把CD放回架上，留意到書架不顯眼的角落裡塞著一個相框，照片上是一個中年男人和兩個小女孩站在嘉明湖前，三個人都開懷笑著，他們的登山服和裝備看起來有點老派，相紙本身也有些褪色了。

「這是妳小時候嗎？真可愛。」我說。

「我爸帶我和妹妹去爬山，那時我十歲，妹妹八歲。」

「妳們姊妹好像。」

「大家都這麼說。」小栩拿起照片端詳一番，「我爸只要一有空就會帶我們到處去爬高山，所以我小學畢業前就已經去過玉山、雪山和南湖大山了。他那時還年輕，又在事業高峰，整個人意氣風發。對我來說，那是一段非常快樂的時光。」

「妳們真幸福。哪像我媽每天忙著工作，完全把我放生。」

「不過那是我們最後一次去爬山。我妹很有鋼琴演奏的天分，我媽擔心她上山下海會把手弄傷。而且我爸的事業越來越忙，也沒空帶我們出門了。」小栩把照片放回書架上，歡然道：「我下個月又要再去一次喔，嘉明湖。」

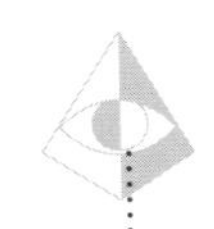

「妳們父女三個？」

「沒有，這次是跟朋友一起。」小栩彷彿不經意地問，「你要不要一起去？」

「當然好啊。」我不假思索答應，但又忽然想到：「妳不是有嗜睡症，萬一忽然睡著豈不是很危險？」

小栩嫣然一笑：「所以要多找幾個人在旁邊看著啊。」

「我也要去爬山！」茶茶男孩忽然叫道。

「貓跟人爬什麼山？」我說。

「貓最會爬山，我也要去嘉明湖！」

「你很煩耶。」我忽然想到，上山期間不能把茶茶男孩一個人丟在家裡，如果不帶他去的話，得先送回老家。

「你爬過高山嗎？」小栩問。

「我們老家整座後山我都爬遍了，人稱『大屯山貓』。」茶茶男孩臭屁地說。

「什麼怪綽號，從哪裡學來的？」我沒好氣說。

小栩親切地說：「我爸從我六歲就開始帶我爬高山，去了很多地方，也留下很多美好的回憶。我看茶茶體能不錯，沒有問題的。」

「耶！」茶茶男孩當場翻了一個側翻。

「你又沒有身分證字號，沒辦法申請山屋床位啦。」我說。

「我有寵物晶片碼。」茶茶男孩隨口報出一組數字。

「那種東西哪行啊。」

「總之我來試試看，現在雖然不是旺季，這條路線還是挺熱門的，就看看抽籤結果囉。」小栩立刻拿紙筆記下我們的基本資料。

樓下院子裡有幾輛腳踏車，大人小孩的都有，下午小栩帶我們騎腳踏車出去四處逛逛。社區裡有個多年沒有使用的游泳池，裡面積滿落葉。從社區大門外的小路繼續往前走，經過一道下坡之後可以通到海邊，不過這裡是一處垃圾場，毫無風情可言。從另外一條岔路可以通到淡海新市鎮，這是一塊規畫好格局卻遲遲沒有太多社區興建起來的大空地，柏油馬路寬敞而筆直伸向天際，路旁煞有介事種滿行道樹、設置了花圃，一大塊一大塊長滿雜草的待建地四面鋪展，還闢有涼亭假山一應俱全的公園，構成不可思議的光景。我們在空曠的大馬路上比賽放開雙手騎車，騎得歪歪扭扭、嘻嘻哈哈。

小栩幫我們準備了晚餐，或許下午玩得太瘋，茶茶男孩吃過飯後就陷入昏睡，怎麼也叫不醒，而且變得異常沉重，拉也拉不動。過了十點茶茶男孩還在睡，小栩說反正空房間很多，沒事的話不如就留下來住一晚。

關燈就寢之後，四周安靜到令人耳鳴，間或有風吹草木和蟲鳴聲，我甚至隱約聽見

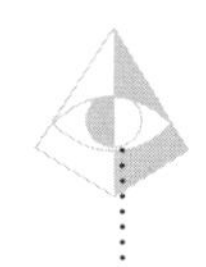

海浪的聲音。

半夜裡我被茶茶男孩叫醒，他元氣飽滿、理直氣壯地說：「我餓了。」

我舉起手腕想看時間，發覺iDream竟然沒電了，起身看看牆上的掛鐘，指著兩點十二分，於是打著呵欠說：「睡覺吧，這附近不會有賣消夜的地方。」

「小栩姊姊說冰箱和櫥櫃有吃的，想吃都可以自己拿。」

「真拿你沒辦法。」

我穿上外套，擔心吵醒隔壁房間的小栩，躡手躡腳通過走廊。站在樓梯口時我不禁遲疑了，樓下是一片深沉的幽闃，雖然並非完全黑暗，還是可以隱隱看到物品輪廓，但反而更有種暗暗潛伏著什麼的氣氛。我暗罵自己，什麼荒山野嶺都去過了，而且長這麼大還怕黑？轉頭一看，茶茶男孩蹲在地上，貓眼圓睜，銳利地瞪著樓下，彷彿看到了什麼。

「你在看什麼？」我低聲問。

「我好餓。」茶茶男孩答非所問。

我走下木製的樓梯，打開柱子上的電燈開關，客廳主燈瞬間亮了起來——什麼古怪也沒有。即便如此，深夜兩點多的感覺就是不太一樣，好像所有的物品都在沉睡，整個空間顯得不太有生氣。

茶茶男孩走到廚房打開櫃子，拿出一包鱈魚香絲毫不客氣撕開就吃。這時樓上一陣動靜，小栩走了下來。

「對不起吵醒妳了。」我說。

「我會失眠，本來就沒睡著。肚子餓了嗎，我來煮點麥片好了。」小栩拿出麥片、堅果、牛奶和果乾，很快煮好一鍋麥片，倒在三個馬克杯裡，拿到客廳去吃。

「剛才要下樓的時候，我在樓梯口還有點怕呢，果然動物對黑暗就是有本能的畏懼感。」我說。

「我剛搬進來的時候也是，不過很快就習慣了。」

「我還是很難想像妳一個人怎麼敢住在這裡，家人都不會擔心嗎？」

「這裡很安全，而且我住進來之後，身體狀況恢復了不少。」小栩一腳縮在沙發上，把馬克杯擺在膝頭，忽然說道：「我爸最後一次帶我們姊妹去爬山，也就是去嘉明湖那次之後，他的工廠就倒閉了，欠下一大筆債，經常有黑道上門找麻煩，我家大門也被噴滿各種不堪的話。」

我默默聽著，茶茶男孩則事不關己地繼續吃著他的麥片和鱈魚香絲。

「我爸媽為了躲避債務逃到大陸去，把我們託給大阿姨照顧，一直到我上大學之後他們才回臺灣，這段期間我跟妹妹就住在大姨家裡。」小栩抬頭環顧，「這棟房子就是

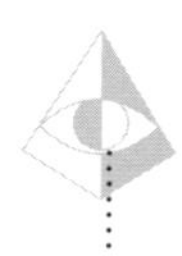

大姨的，以前暑假的時候她和姨丈會帶我們來這裡住幾天。她有兩個孩子，就是我的表哥和表妹，我們四個小孩都會在外面那個游泳池游泳。」

我忽有所悟：「父母不在家，一對年幼的姊妹遭遇邪惡的威脅，這不就是虎姑婆的故事？」

「可以這麼說。」小栩接著道，「大姨對我們很好，不只照顧我們的生活，也讓妹妹繼續學鋼琴。但是我們還是會有自卑感，覺得自己是被爸媽拋棄的小孩。每次跟表哥表妹吵架，他們吵不贏的時候就會說『妳又不是我們家的小孩』，雖然他們並不是有意要傷害妳，但孩子就會用這麼直接的方式去使用他手上的武器。時間久了，我們也感覺到姨丈並不是真的歡迎我們。」

「我跟妳有點類似，我爸很早就過世，我媽忙著工作，把我寄養在外公外婆家。我多少能了解那種孤單的感覺，無論長輩對你多好，你還是不完整的。」

「就是這樣。我跟妹妹說我們不能輸，她一定要好好練琴，成為一流的鋼琴家。我從高中就在外面打工賺零用錢，也幫妹妹分攤學琴、買譜的費用。但我也從那時候開始跟壞男生交往、在學校惹事，給阿姨添了不少麻煩，很難想像吧。」小栩淡淡一笑。

「也許妳只是想確認阿姨的愛，想知道她願意容忍到什麼地步，也就是愛妳到什麼程度。」

「你說得對，但是有一天我明白了，這樣做實在很愚蠢。正因為我不是阿姨的孩子，她才會這樣容忍我。她也在扮演一個稱職的好人，不想落人話柄，可是她越是在別人面前誇獎我們姊妹、為我收拾越多爛攤子，卻反而證明我們之間的距離越遙遠。」小栩閉著眼睛，胸口起伏了幾下，「我很感謝她，她真的對我們很好。但是我始終希望自己能夠趕快自立起來，離開那個家庭。」

「妳很堅強。」我說。

「一點也不，頂多只是倔強而已。」小栩自嘲地笑起來，「夠堅強就不會晚上失眠、白天嗜睡，還躲在這裡養病了。」

「妳有看醫生嗎？」

「中西醫都看了，西藥副作用太強，吃了幾次就不敢再吃，中藥吃遍了也沒什麼用。」她像是在講別人的事情般平淡地說，「剛來的時候整個晚上都無法入睡，等到天一亮，四面八方都是鳥叫聲，我就站在上面樓梯口那扇窗子吹風，看大地慢慢亮起來。路上開始有摩托車經過，我就會想，已經有人睡一覺起來要去工作了，一個晚上又過去了。失眠的人就像被時間遺棄，這個世界不會停下來等妳，只有妳獨自被沖到時間河流的岸邊，遠遠看著外界的一切不斷流動著。」

「如果是這樣的話，這裡倒是理想的休息之處。白天在書房，我就有一種時間停

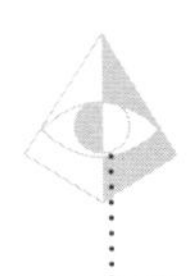

止，甚至時間不存在的感覺。雖然陽光還是會移動，還是有白天和黑夜，但那好像跟時間無關。」

小栩點點頭：「在這裡，我的內在時間和外面比較接近，所以住了一年之後，失眠和嗜睡症都改善很多了。」

「我得過憂鬱症，多少能體會妳的感覺，那確實很痛苦。但我覺得人生中偶爾從時間的流動脫離，長久來看未必不是好事。睡不著也好，無法感受音樂也好，好像一把燎原之火把地面上看得見的東西都燒掉了，那裡面有妳珍惜的部分，但壞的部分也一起燒光，它們全都會變成肥沃的土壤，讓地底下的種子重新發芽長出來。」

「一年前聽到這樣的話，我應該會很生氣。」小栩沉默了好一會兒，接著才說：「不過我現在覺得或許有點道理，也希望如此。」

「《呂克特之歌》裡面妳喜歡的那一首叫做〈我被世界遺棄〉，其中一段是這樣唱的——」我回想一下歌詞，緩緩唸道：「無從否認，對這個世界而言我已死去。我從紛擾的世界死去，在一個寧靜的地方休息，我獨自在我的天堂，在我的愛與歌裡。」

「真美。」小栩無聲複誦著最後兩句歌詞，出神感受其中意境。

「仔細想想，這首歌簡直是為這個地方而寫的。」我看著這棟房子的各種細節，落地窗外漆黑一片，在室內燈光下映出朦朧的鏡像。

小栩看著玻璃上自己模糊的身影，悠悠地說：「大火燎原之後的天堂。」

●

後來我們繼續聊了一陣，我想起《虎姑婆》繪本裡妹妹被吃掉的情節，於是問起她妹妹的事，不知鋼琴學得怎麼樣？

提起妹妹，小栩馬上露出燦爛的笑容，直說她是一流的鋼琴家。剛好妹妹隔天有一場獨奏會，小栩會去聽，並說有興趣的話我也可以一起去，我立刻說好。

次日晚上，我們去國家演奏廳參加小栩妹妹的鋼琴獨奏會。茶茶男孩沒有興趣，「貓不聽音樂。」他說，所以我先送他回家再去演奏廳。

我在入口拿到節目單，才知道她妹妹叫做周蘧真，跟小栩差一個字。「妳妹這個名字很少見。」我說。

「那是請人算筆畫的。」小栩說，「不過『小蘧』不好叫，我們家都叫她小真。」

小栩似乎刻意在開演前五分鐘才抵達，並且坐在後排不顯眼的位置，以避免和親朋好友寒暄。觀眾席燈光暗下來之前都還是鬧哄哄的，看來親友團確實不少。

音樂會比預計的時間晚了大約三分鐘才開始，好讓遲到觀眾入場，通常這也是「親

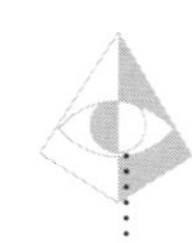

友場」音樂會的特色。等到觀眾席燈光暗下，門開處，小真穿著一襲寶藍色晚禮服雍容上臺，觀眾們頓時熱烈鼓掌。

小真和小栩有幾分神似，只是少了一股英氣，顯得比較秀麗。我看到她的第一眼就覺得有什麼事情令人介意，但一時也說不上來。似乎是跟誰有點像，不是小栩，而是別的熟人，我搜索枯腸仍沒半點頭緒，彷彿牙縫裡卡了一粒芝麻弄不出來般難受。

小真很快展開演奏，打散我的思緒。開場的李斯特相當冷硬，雖然技巧很好，但沒有彈出樂曲的韻味。通常演奏家都需要熱身，打開身體、消解緊張，也讓匆匆趕來的觀眾鎮靜下來，所以第一首曲子不太能做數。但接下來的舒曼同樣彈得頗為僵硬，甚至到機械化的程度。演奏非常凌厲，但越是彈得疾風驟雨，我越覺得頭痛起來。

兩首曲目中間，小真起身向觀眾致意，我霎時醒悟那個熟悉感的來由——小真的表情跟陷入謎樣隔閡的薰十分相像，只是沒有那麼明顯，僅帶著一點對外界漠不關心的樣子。

中場休息時小栩去找她爸媽，立刻被一群裝模作樣的長輩親友纏得抽不開身。我翻看節目單上的演奏者簡介，其中免不了「師事〇〇〇老師、ＸＸＸ老師」這類從小學算起的師承列表，還有洋洋灑灑的獲獎紀錄等。等休息時間快要結束，小栩才回來。

下半場演奏廳內氣氛完全不同，好像變成另一個人在彈另一架鋼琴。小真的表情充滿信心和決心，臉上線條卻變得圓潤柔和。她演奏楊納捷克《荒煙蔓草的小徑》，第一個觸鍵就飽含詩意與感情，雖然起初還沒完全擺脫上半場的冷硬，但越彈越進入狀況。她巧妙運用彈性速度，不著痕跡地抑揚頓挫，充滿立體感而又無比自然。

到了第五首〈她們像燕子嘰嘰喳喳聊著〉，神奇的事情發生了，音樂變成一個獨立的生命體，自己在舞臺中央活著、動著、唱著，而不是由小真從鋼琴上彈出來的。小真確實在那裡彈奏著琴鍵，但她彷彿印度弄蛇人般把音樂這個活物從鋼琴裡召喚出來。整個廳裡所有人融為一體，進入作曲家溫馨沉湎又隱含悲慟的心緒，跟著楊納捷克回想早逝愛女和家人們嘻笑玩耍的平凡日常。

這是很不得了的演奏，雖然技巧上終究並不圓熟，但音樂整個浸潤到人心底去，即便是世界一流的演奏家也未必能夠經常有這樣的感染力。

最後音樂越飄越遠，猶如喟嘆隨風而逝，整個演奏廳陷入磣人的靜默，過了良久大家才爆出如雷采聲。小真安排了兩首安可曲，一慢一快，以意興風發的蕭邦〈幻想即興曲〉結束整晚演出。

小真再三謝幕完，燈亮散場，許多聽眾簇擁到臺前等候。一會兒之後小真走下舞臺和大家見面。除了家人，還有許多小真任教的國中音樂班學生，眾人搶著合照，歡鬧一團。一位西裝畢挺的男士上前和小真擁抱，女學生們尖聲驚呼，拍手起鬨：「獻吻、獻

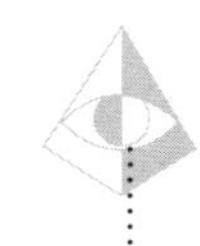

吻！」小真擺了擺手，假意板起臉要大家在正式場合守點規矩，大家卻都不肯輕饒，最後那位男士還是在小真臉上親了一下才算了事。

「那是妳妹的男朋友？」我明知故問。

「未婚夫。」小栩說。

我暗暗覺得那個男人和小真並不搭配，他雖然態度大方熱情，但渾身上下銳利過頭，不像是一個喜歡音樂或藝術的人。

小栩走上前去，小真原本正在跟幾個朋友說話，有如心電感應般抬起頭來看見小栩，兩人親暱擁抱，溫馨地交談起來。但這時小真的未婚夫插進來和小栩握手，三姑六婆們也一擁而上，對著姊妹倆品評比劃，向她們父母恭賀好福氣，能生出這樣一對花朵般的女兒。幫忙拍照的朋友則盡責地要大家看鏡頭，數一、二、三。

拍完照小栩隨即要離開，眾人情緒高漲，要她一起去參加慶功宴，小真的未婚夫更是熱情邀請。小栩委婉但堅定地拒絕，直說自己住得遠，大家才終於放過她。

演奏廳在地下一樓，我們直接走進停車場，開車從愛國東路出口離開，空氣中充滿一種逃亡的氣氛。

車子開上路面時，小栩長吁一聲，冷不防說：「這是小真的最後一場獨奏會。」

「為什麼？她彈得很棒啊。」我非常訝異，「雖然技巧還可以再磨練，但是她的樂思十分豐富，能夠滲透到聽眾的心底去，這是很難得的天賦，練都練不來的。她應該繼續演奏。」

「她剛剛給我這個。」小栩張開左手，掌心上一個東西隱隱發亮，「她六歲第一次上臺表演之前，我跟爸爸一起挑選了這個當作禮物送給她。小真一直把這個當成幸運符，每次演出都戴在身上。現在她送給我，表示澈底放棄演奏了。」

我趁著等紅燈時接過一看，那是一串綴著心形水晶的項鍊。

「小真一直想去法國留學，她很努力練琴學法文，想爭取獎學金。但是大學的時候爸媽從大陸回來，我們才知道他們還背著上千萬債務，不能去銀行開戶，名下不能有動產、不動產，否則立刻會被查封。我們要分擔爸媽的生活費，爸爸買摩托車什麼的也得登記在我名下，這時我們才認清全家背負的問題有多大。」

「如果因為這樣荒廢才華，那真是太可惜了。」我真希望自己可以幫助她們，這時候不由得暗想，如果早一點接觸DreamEyes就好了，也許我就已經有能力幫忙。

「我們姊妹都不想認輸，小真繼續練琴，而我有一段時間找到可以迅速賺錢的方法，想存錢送她出去。」她似乎意識到這樣說容易引起誤會，促狹地一笑說：「當然不是出賣肉體，不過無論如何都對身心造成很大的消耗，所以後來才會生病，也沒辦法再多幫她。」

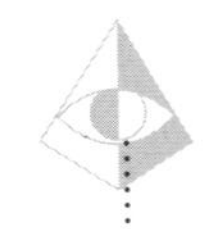

「原來如此。」

「小真有一次對著我痛哭，說連高中班上成績最差的同學都出國一趟回來了，自己卻只能在原地忙得團團轉，不要說持續精進，連原本的琴藝都逐漸荒廢，讓她很不甘心。」小栩把水晶項鍊仔細收好，忽然問：「你覺得她未婚夫怎樣？」

「老實說他跟你妹風格差滿多的。」我衝口說。

「他原本是我相親的對象。」

「不會吧！」我吃了一驚。

「那是親戚安排的。」小栩淡然說，「他是電子業大廠小開，剛從美國唸完博士，一回來就進國立大學當副教授。因為排行老三，不必繼承家業，也不需要門當戶對的聯姻，只想找個有藝術氣質的對象來提升文化形象和品味。」

「看起來確實就像妳說的樣子，他年紀應該比妳大不少吧？」

「我們生肖一樣——他整整大我十二歲。」

「那都已經四十幾，也差太多了。」

「對我爸媽來說，他根本就是天上掉下來的救星。他們雖然不好意思明講，但是期待的表情全寫在臉上，每天問他有沒有打電話來？妳們昨天去哪裡玩，開不開心？」小栩悲憫中帶著一點悲憤，「我不喜歡這個人，但是我沒有辦法抵抗爸爸重新燃起希望的眼神，那是他年輕時候的樣子，我已經十幾年沒有看到了。所以我還是勉強跟他出去幾次，想說敷衍一陣子再拒絕。」

「沒想到他卻把腦筋動到妳妹頭上。」

「其實是我妹主動去約他的，那個男人也對音樂家比較有興趣，她們出去幾次之後就閃電宣布訂婚。我妹只有一個條件，請他幫忙解決我爸的債務。」

「他願意為了娶妳妹出那麼多錢？那也還算真心。」我有些意外。

「怎麼可能，像那種人根本不必自己出錢，他只要動用關係叫銀行打消幾筆呆帳，我爸就解脫了。」小栩沉默了一會兒，「表面上小真是把自己賣掉，犧牲自己拯救全家。但我知道她是察覺心裡的熱情不斷消失，為此感到絕望，乾脆自己把它澈底澆熄。」

「我不覺得耶。雖然我並不認識妳妹，但我在她的音樂裡聽到發乎內心的美感和熱誠。」

「小真今天是豁出去，整個掏光了在演奏。」小栩說。

「她上下半場的表現很不一樣，簡直判若兩人，這是為什麼？」

「上半場那種機械化的聲響就是她現在的心理狀態，下半場的溫暖和生命力是她以前的樣子，殘忍一點來說算是迴光返照。但是她沒有任何保留，把剩下的能量都全部燒

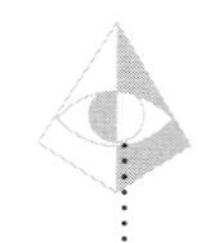

掉。」

「非常美，而且令人尊敬。」我說。

「小真訂婚之後我們很少聯絡，有些人在背後說我因為金龜婿被妹妹搶走，所以怨恨她。她們不懂，我只是覺得內疚，沒辦法幫妹妹留住自己的夢想。」

我們走快速道路，半夜車流不多，只花四十分鐘就到淡海了。我送小栩到社區大門口，她正要下車時，我忽然瞥見一道奇妙的亮光，前傾身子從擋風玻璃往上看，輕聲道：「月亮。」

「往前開。」小栩說，「去新市鎮那邊。」

我繼續前行，從岔路開到新市鎮所在的那塊大片空地，順著小栩指示往海邊開。新市鎮靠海有一塊填海造陸的新生地，用高大的堤防把海水隔絕在外。我在新生地旁停好車，小栩拉著我從一條步道走到堤防上。

風很大也很冷，吹得耳邊呼呼響。潮水反覆撞擊底下的消波塊，發出破碎的騷音。月光照在海面上、荒地上，彷彿一層薄薄的藍霧。月亮和大海都好像是有生命的活物，呼吸著，低語著。

我站到上風側，輕輕攬著她的肩膀。她把妹妹的項鍊拿出來，心形的水晶在月色下發出流轉的光芒，非常微弱，但靈動得像是透明卵囊中剛剛甦醒的小生命。

我們被冷風吹得受不了，沒有在堤防上久待。車子再次開到社區門口，小栩下車揮揮手，像兔子般一溜煙消失在大門後。

我回家時收到小栩的簡訊，內容很簡短：「今天謝謝你，到家發個訊息給我。」我回簡訊道了晚安，確認茶茶男孩在床上睡得死死的，很快沖了個澡，鑽進被窩立刻就睡著。

隔天早上我做了一個夢，我和薰在國家戲劇院的舞臺上，四面布景都是櫻花。大幕升起，我們開始演出，薰說她要去法國了，我說好啊我們一起去。於是淡淡粉紅花瓣如雪飄飛，落在碎石地上。轉頭一看，薰變成小栩，花瓣沾了滿頭滿臉。場景頓時變成在法國的某個林蔭中，地上掉滿蘋果，每走一步，被踩碎的蘋果就發出清脆的夸夸聲。小栩說這些是觀賞用的蘋果，非常酸澀，所以也沒人採摘。我說蘋果在我們的認知裡就是食物，踩起來有種故意暴殄天物的犯禁快感。小栩笑說沒錯。我們手牽著手，一路把滿地蘋果踩出極其清脆悅耳的聲音。

醒來後夢境印象鮮明，心情極其愉悅。茶茶男孩站在床邊不高興地說：「那個討厭的人又來了。」門鈴隨即響起，我意識到是莫費思，衣服也沒換就出去開門。莫費思笑著說早，一邊忌憚地探看門內，我知道他怕茶茶男孩攻擊，索性出門到樓梯間。

「今天的夢不錯啊。」莫費思俐落地取出Dreamsphere，「事不宜遲，這就來擷取吧。」

我沒有抗拒，任由莫費思把這個夢取走。他也不多客套，迅速完成之後只說下次有空再去喝一杯，隨即一陣風似地走了。

我在空無一人的樓梯間站了一會兒，看著長出大片壁癌的白色水泥牆壁，不由發起傻來。依稀記得剛剛做的是個好夢——當然，夢不好莫費思就不會來了。我已經逐漸習慣夢被擷取之後微微的空虛感，那好像是睡了一場過長午覺之後的昏沉，肺部總吸不到足夠的氧氣。我也習慣了放手把夢賣掉，反正是很快就會逸散不存的東西，能賣錢當然要賣，說不定將來還有機會買回來。

和往常不同的是，今天我小小作了個弊，在床頭的筆記本上潦草地寫下「薰、櫻花、小栩、法國、踩蘋果」等幾個字。不過這些關鍵字對此刻的我來說已經沒有意義，我只知道做過一個跟小栩有關的美好夢境，然後把這個夢賣掉，它將在某個陌生有錢人的潛意識裡重新綻放一次，也使我向夢想邁進一步。

我回到床邊坐下，看著筆記徒勞地想像剛才的夢，忽然間一陣暈眩，難受地躺倒下來。眼前發白，全身直冒冷汗，好一段時間不知道自己是誰，身在何處？只看見窗外綠油油的樹叢在眼底不住搖曳。

第5章 夢渣

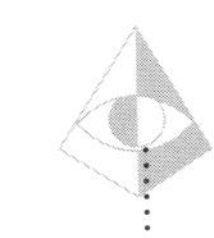

辭職一個月之後我終於開始動筆寫小說。

我從以前就想寫小說，寫那種鮮血淋漓的自剖、對陰暗面的赤裸挖掘，簡單講就是純文學作品，但多年過去什麼也沒寫出來。現在我的想法變了，覺得不如順其自然，讓潛意識引導指尖，想到什麼就寫什麼，當作此刻自我精神面貌的切片。這樣想來，落筆沒有負擔，也就寫得挺開心的。

書上說，當人進行創作和閱讀時，腦中的清醒想像跟做夢很類似。睡眠狀態下，大腦理性中樞關閉，想像力沒人看管，從事任何冒險行動都不會被制止。而創作者則是在清醒狀態下，追求自由的想像，兩者是會互相激發的。

確實開始頻繁做夢之後，我感到創作靈感不斷湧現。反過來說，寫作期間晚上也比較容易做夢。

不過有件事令我隱隱感到不安，自從開始賣夢之後，我不時會感到暈眩，嚴重時天旋地轉，連躺在床上都覺得整個世界轉動不休。我到一家大醫院的耳鼻喉科去掛號，做了一大堆檢查，聽力測驗、眼球振動圖、抽血化驗、吹風灌水什麼都來，但也沒能找出確切的原因。

此外我的知覺好像有些改變，說不上什麼具體的跡象，但彷彿有個玻璃罩把我跟現實世界隔開，聲音有點朦朦的，眼神也常失去焦點。我順便跟醫生提起聽覺改變的事，他用檢耳鏡仔細檢查一番後冷冷地說一切正常，八成覺得我只是在慮病。但我有時喝了熱湯或吃辣的東西，耳朵確實會忽然短暫張開，聲音變得清晰直接，表示這並不是我的妄想。

開始寫小說的前幾天，我早睡早起規律運動，比上班期間還充實。小說順暢地推進到五千字以後卻果然恆例的撞牆了，滿腦子都是靈感的錯覺很快破滅，瞬間將我打回原形，生活也再次陷入混亂。

如此匆匆幾個星期過去，有天早上我做了一個典型的考試夢，是物理之類的罩門科目，連題目都完全看不懂。夢境一開始就即將交卷，而且我發現自己根本沒拿考卷，只是在小說稿上亂畫。眼見時間一秒一秒過去，我鼓起勇氣向監考的國中導師反應，他睡眼惺忪地在桌上翻找一陣，訝異道真的有一張空白考卷在這裡，剛才怎麼沒發現？不過我拿到考卷跟沒拿到一樣，反正還是看不懂。

一會兒考試結束，老師叫我到黑板上作答，我卻把小說稿紙折成一個精巧的燈籠放在桌上。前座同學忽然回頭不懷好意地笑說，你這一陣子很好喔，有很多錢，所以都不用擔心上學跟考試。我忙說哪有這回事，心中暗想你才有錢吧，我哪能比。這時我才發現他竟是綽號「白賊七」的某個政治人物。

白賊七不斷對我說恭喜，我一頭霧水，上網查詢才發現自己被列在一個奇妙的獎項底下，網頁上共有三個欄位，最上頭是正獎，中間是副獎，我排在底下，名目卻是可疑的「再接再厲」，也不知是中獎還是沒中。

進一步瀏覽網頁上的評審紀錄，但內容無一語關於這個獎項，評審們都在分享各種吃喝玩樂訊息，還有出國旅行的遊記。

很久沒做這種考試的夢了，醒來之後覺得莫名其妙。我忽然意識到莫費思好一陣子沒來了，於是反射性地按下iDream手錶上的聯絡鈕，按了許久他才現身。

「你好慢，夢都快消散了。」我開門走到樓梯間和他說話。

莫費思雙手插在口袋裡說：「老兄，你什麼人不好夢，夢到白賊七幹嘛？」

「可能前幾天在新聞上看到他，那個臉的印象太深刻——你怎麼這麼久沒來？」

「你最近的夢品質不好，情境無聊，也沒什麼療癒性，並不具有市場價值。」莫費思嚴肅地說，「我KPI壓力很大，你要有好物件我才能過來。」

經他這麼一說，我才意識到最近確實沒做什麼有意思的夢，但還是辯解說：「今天這個夢不錯啊，面對自己不懂的考試科目，用小說稿紙折一折就唬弄過去，表示我已經對社會性的壓力有自己的一套解決之道，挺療癒的。雖然有白賊七亂入，但我醒來時覺得很開心。」

「哪有人夢到白賊七會開心啦，這是要賣給誰？」莫費思一眼看穿我的謊言。

「他總有支持者吧，不然賣給他老婆？」我越說越心虛。

莫費思無奈一笑：「算了，既然來一趟，今天還是跟你收購。老實說這是看在之前的成績，勉強交陪一下，否則這個夢並沒有達到公司的收購標準——不過剛才講話拖太久，夢有點散掉了，擷取時會比平常不舒服一點。」

他拿出Dreamsphere，隨手把旋鈕轉到最大，粗魯地套在我頭上。擷取開始，熟悉的高頻聲響起，這次卻伴隨恐怖的刺耳噪音，好像整個頭塞進果汁機裡被高速旋轉的刀片攪碎，又好像有人拿冰淇淋杓用力在我腦殼裡摳刮。

Dreamsphere取下時，我感覺天旋地轉，伸手扶著牆壁都還是站不穩，甚至有點噁心。

莫費思拿出一片藥錠給我：「吃這個會好一點。」

「我好……不舒服……可以扶我進去嗎？」我幾乎無法說話。

「稍微休息一下就好了，你家內有惡貓，我不敢領教。」莫費思說完轉身就要離開，「我還得去找別的客戶，先走了。」

「等一下，我有事要問你。」我顧不得沒水服送，直接把藥錠吞下，「最近我有點怪怪的，很容易暈眩，而且很沒有真實感。」

「你感冒了吧。」

「我沒有感冒。」我奮力挺直身子，「其實我最想問的是，做夢的品質高低起伏，或者一陣子沒做好夢，這樣是正常的嗎？」

「偶爾有些低潮也是難免。」莫費思雙手合掌頂在鼻子下面，「不過夢者的職業高峰很短暫，有些人的狀態一旦下去就回不來了，你要好好維持。」

「你上次才說我很有天分，只要學會飛行夢跟清明夢的技巧，往後就可以躺著賺。」

「就算天才也需要苦練。」莫費思推了推眼鏡，「這件事原本我不想太早說，避免干擾你自在做夢的天賦本能，但看來你的撞牆期比預計的還要早出現。」

「撞牆期？」

「夢者就跟頂尖運動員一樣，有些人也許能靠天賦一鳴驚人，但如果要長久保持競爭力就必須不斷鍛鍊進化。你還沒見識到職業夢壇的嚴酷，它會要求你付出所有的時間心力，把最好的部分都留給夢，才能維持品質不墜。」莫費思瞪視著我，語重心長地說，「你過得太安逸了，真正的職業夢者會把自己擺在稍微不舒服的位子上，體驗時間在你生命上每分每秒刻劃的痛楚和重量，而不是舒服地讓一切流走，迅速失去做夢的能力。」

我聽得悚然，一時覺得小小暈眩不算什麼，趕緊說：「我很嚴肅看待做夢這件事，也願意付出努力，能不能告訴我具體的鍛鍊方法？」

「就拿今天的例子來說，讓白賊七的形象跑進夢裡就絕對是不行的，你要隨時隨地非常、非常小心看到和聽到的任何資訊，就算是無意間在背景出現的元素，都可能溜進夢裡。為此你要澄明心慮，只聽只看只想對夢有幫助的事情。要有規律的生活、充足的運動，最重要的是——保持你強大的自我合理化能力，讓潛意識修補一切，自然會做出好夢了。」

「可是我最近覺得好空虛，越來越依賴用消費和飲食來填補自己，錢花得很兇，卻還是很不安。」我想深呼吸，胸口卻空空地好像吸不進空氣，「我為了成為職業夢者，把工作都辭掉，已經沒有退路了，你一定要幫我。」說到這裡，我意識到自己可能失去一切，忽然一陣冷麻從背後鑽上腦殼。

「只要你有心就沒問題。」莫費思拍拍我的肩膀，掏出一張晶片卡遞過來，正面印著「夢境成就．方塔索思」，背面除了下方一行小字印著地址之外別無任何資訊。「想成為一流的夢者，需要專業訓練。這是本公司指定的夢境成就師，專門傳授進階做夢法。我已經把你的資料輸入晶片——收費不便宜，不過透過我介紹會有折扣。」他看了看手錶，起身道，「我真的要走了，你好好休息。」接著俐落地拎起公事包，一轉身就下樓去了。

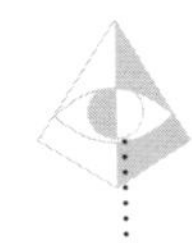

我正想開口叫喚，腦袋又強烈暈眩起來，只能蹲在地上任由世界飛旋轉動，並且不住乾嘔起來。

●

「如果你想成為職業棒球選手，你得先把自己打造成職業選手的體格。投手有投球需要用的肌肉，打者有揮棒和奔跑需要的肌肉，必須鍛鍊出來；同樣的，想成為一流的職業夢者，你必須鍛鍊大腦，改造精神姿態，變成一個適合做夢、善於做夢的心靈。」

這是方塔索思教會我的第一件事。

我按著晶片卡上的地址，來到大安森林公園附近一棟大樓的十一樓。診所（或該說道場？）隱身在尋常住家之間，門口非常低調，米黃色的高雅石板上陰刻著一個不顯眼的文字「Phantasos」，仔細一看下面還有一行小字：「You are what you dream of.」

推門而入，診所裝潢雅致，大量採用木結構和間接光源，巧妙地營造介於明亮和溫馨之間的氣氛。接待小姐的穿著顯得自在又不失精神，親切地問：「請問您有預約嗎？」

我秀出手上的卡片：「是莫費思推薦我來的。」

「好的。」小姐雙手接過卡片，姿態優美地塞進讀卡機，確認過螢幕上出現的資料後說，「您是莫費思先生大力推薦的貴賓，方塔索思大師特別為您安排了進階課程，內容包括大師親自面授二十小時、實務演練、線上諮詢，還包含書籍教材及售後服務，優惠價二十萬元。」

「這也太貴了吧！」我大吃一驚，「莫費思沒說清楚，我不曉得要這麼多錢。」

「您有莫費思先生的介紹，可以享有好朋友結緣價九萬九千元。」

「我可能需要考慮一下。」我把腳尖默默往門口的方向轉了三十度。

「第一次來的貴賓，我們特別提供第一次諮詢體驗價一千元的優惠。」

「好吧，那我先試試看。」我掏出一張千元鈔遞過去，小姐俐落地收進抽屜，隨即起身說，「方塔索思大師現在可以見您，裡面請。」我跟著她通過短短的走道，小姐把一扇深棕色木門順暢而無聲推開，側身一比後就悄悄退下。

室內擺著兩張麻布面矮沙發，細細的木頭扶手光澤柔潤。方塔索思坐在裡面那張沙發上，身穿質地高雅的深灰色三件式西裝，戴著圓框眼鏡，用一種職業性的平緩聲調說：「請坐。」

我看到方塔索思的瞬間差點笑出來，必須用力忍住——我本來以為夢境大師應該仙風道骨，或者像印度高僧那樣留著捲曲的花白鬍鬚，但眼前這位夢境大師長得太像立委

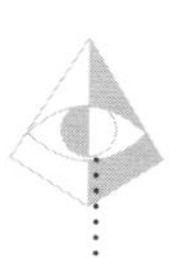

孫大千。我對孫委員本人沒有意見，但要我跟著一本正經的孫大千學習做夢，實在太難想像了。我忍住笑意說：「你好，莫費思介紹我來，他說你可以教我進階的做夢法。」

「放輕鬆，做夢是一件美好的事。」孫大千，不，方塔索思嘴角輕輕一揚，淡淡說：「莫費思跟我提過你的事，他說你是很有天分的夢者，充滿未來性，只是最近遇到一點小小的阻礙。我預覽過你的夢境片段，確實是難得一見的人才，只要透過專業指導，一定可以有很大的成就。」

「但是我最近都沒有做什麼好夢，身體也越來越不舒服，我覺得很擔心。」

「這是邁向一流夢者的道路上必然會遭遇到的阻抗，就像職棒投手也會肩痛、肘痛，那可能是肌肉訓練不足，或者投球姿勢不正確。一旦克服，實力就會提升到更高的境界。」就在這時，他講了開頭那段「為了成為夢者，必須改造心靈」的理論。

「那真是太好了。」我覺得他用投手肩肘痛做比喻很有道理，聽了之後安心不少，於是誠懇地說：「那麼，請你幫我檢查一下我的『投球動作』。」

「你認為夢是什麼？」方塔索思冷不防問。

我從容說道：「佛洛伊德認為夢是潛意識中被壓抑願望的扭曲表現，榮格則說夢是一種心理的自我修補，讓精神維持平衡。我覺得榮格說的比較有道理。」

「看來你做了一些功課。」

「我想既然要成為職業夢者，應該多少要對夢有點了解，所以找了幾本書隨便翻翻，但老實說都還沒認真讀過。」

「沒讀過最好。佛洛伊德和榮格的理論都只是過度浪漫想像，甚至變成一種宗教。」方塔索思推了推眼鏡，深沉地說，「這兩位心理學家當然有過巨大的貢獻，但是當代的神經生理學已經發展到他們兩人做夢都想像不到的境界，足以對夢提出真正精確的解釋。簡單來說，人的情緒、記憶和思想都只是神經元之間的電流和化學物質活動罷了。」

接下來方塔索思為我上了一堂簡單的生物醫學入門課，他說大腦中有數十種神經傳導物質，各自有不同的調節功能。當我們清醒時，正腎上腺素和血清素會協助集中注意力、調節情緒。入睡之後這兩種神經傳導物質的濃度迅速下降，由乙醯膽鹼代替，啟動快速動眼睡眠，同時多巴胺會大大激發我們的想像力。他最後總結說：「夢就是腦中化學物質的舞蹈，把記憶從神經叢倉庫叫出來，擺脫所有規矩和束縛一起狂舞。所以只要掌握住大腦在睡眠中的運作方式，你就踏出掌握夢境的第一步了。」

「莫費思也跟我說過類似的理論，不過恕我直言，我覺得這有些太過機械化，聽來讓人沮喪。」

「很多原始部落的人第一次看到照相機時都很憤怒，覺得自己的靈魂被攝走了。但

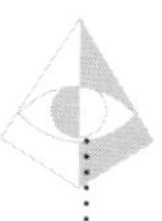

現代人每天拿手機自拍，一輩子拍幾千、幾萬張照片，也不覺得靈魂減損半分，因為大家已經知道照相的科學原理，就不會對此感到恐懼。」方塔索思極其理智地說，「夢也是一樣，只要你理解夢的本質，就知道沒有任何需要沮喪的地方，而且還能盡情享受夢境。」

「照你這樣說，提高腦內的乙醯膽鹼和多巴胺濃度就可以做出很多高品質的夢了。可是如此一來，夢還需要買賣嗎？大家只要吃下能增加乙醯膽鹼和多巴胺的藥片不就好了？」我不禁問。

「就算把所有的投球理論都公開在網路上，全世界也只有幾個人能投出時速一百六十公里的火球，不是嗎？」方塔索思淡淡一笑，「運動和做夢都是特別的天賦，擁有天賦的人也需要努力鍛鍊才能做到職業水準、挑戰人類極限。這就是運動員和夢者存在的意義。」

我完全被他說服了，點頭說：「我以前都能很自然地做出一個又一個好夢，但最近都很難做夢。也許就像你說的，我只靠天分做夢，但沒有把自己鍛鍊成職業夢者的身體。」

「沒有錯，良夢擇人而棲，只有理想的棲止木才能吸引夢境長久駐留。」他用堅定的眼神看著我，「You are what you dream of，只要把自己打造成一個完美的容器，掌握了夢境，你也就掌握了最大的自由。同時你也能把夢提供給需要的人，為社會做出貢獻。」

「具體來說應該怎麼做？」我認真問。

「你是一個小說家，擁有非常敏銳的心靈。」方塔索思語氣舒緩下來，「精神分析學家維克多．弗蘭克曾被關進納粹集中營，他觀察發現生性敏銳的人通常因為體格瘦弱而吃盡苦頭，但豐富的感性能夠讓他們無視於現實的恐怖，潛入內在深處，精神上受到的傷害反而比那些身材健壯的人少得多；夢也是一樣，一般人的夢不是焦慮就是憤怒，但像你這樣敏銳的人，會展開一個豐富的夢境，把嚴酷的現實屏擋在外，好讓心靈有個安頓的地方。」

「聽起來好像在說，我的自我合理化能力很強。」

「哈哈哈，你要這麼說也行，總之是難得的才能。」方塔索思忽然欺近身子，「你天分很高，可以跳過前面幾個無聊的步驟——我們直接從清明夢開始。」

方塔索思解釋道，清明夢介於夢境和清醒之間本來不該存在的裂隙中，事實上是違反睡夢機制的意外產物。人入睡時，負責驗證現實的前腦基底核被關閉，管理邏輯和推理的前額皮質不活躍，理性中樞澈底離線，才能讓情緒和長期記憶自由活動，趁機整理、固化或刪除某些記憶。如果這些工作不在理性中樞離線時進行，意識勢必陷入一片

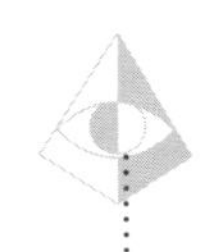

混亂，好比你正在處理要緊工作，旁邊卻有人開始翻箱倒櫃進行年度大掃除，甚至把除塵撣都掃到鍵盤上來，你一定抓狂。

而清明夢是潛意識在忘情戲耍時不慎沒有關緊的一道門縫，讓理性中樞得以窺見其中動靜，甚至躡手躡腳地溜進去參與。

「我讓你體驗一下。」方塔索思按了對講機請小姐安排清明夢體驗，小姐很快端著一個托盤進來，精雅的小玻璃杯裡放著一顆藍白兩色的膠囊，旁邊還有一杯水。

「這好像儲存夢境的膠囊BNND，只是顏色不一樣。」我說。

「儲存夢境的膠囊是紅白兩色，這種藍白兩色的稱為『佐夢眠』，用來提高腦內的適夢性以及清明夢的發生率。」方塔索思俐落地說，「你先吃了，然後小姐會帶你到體驗室去。」

我拿起膠囊配著水吞下，小姐領我到旁邊的體驗室——像是高級旅館般的臥室，裝潢風格簡約俐落，讓人可以安心休息，又有幾分事務性的明快。小姐拿出一個熟悉的裝置讓我戴上，正是Dreamsphere。

我在床邊坐下，眼前很快有一團暗色的濃霧逐漸瀰漫起來。於是我躺在床上，瞬間入睡，嚴格說是直接進入夢境。

一開始是一段普通的夢，但當我走到一塊草地上時忽然意識到這是夢，想起方塔索思教我的方法舉起手檢查，果然手掌的形狀扭曲，而且變成六根指頭，確認了自己身在夢中。

路旁有一塊牌子，仔細一看，上面寫著：「第一課，飛行練習，試著自由飛翔吧！」

我才剛動個念頭，身體就飄浮起來。我試著飛上天空，嘗試各種花式翻滾和俯衝，感覺非常暢快。雖然平常做過不少飛行夢，但在清明夢中飛行還是第一次，能夠隨心所欲飛翔，確實無比自由。

正飛得忘我時，發現空中懸著一塊看板，寫著：「第二課，觸感體驗，摸摸看眼前看到的東西吧！」

我下降到地面，眼前有一堵古老的石牆，把手貼上去，立刻感到潮溼冰涼的舒爽感。我按著凹凹凸凸的石頭沿牆而走，甚至能感應這堵牆經歷的悠長歲月。

長牆盡頭掛著第三塊看板，寫著：「進階課程，召喚練習，把你心中最掛念的人事物叫出來吧！」

我愣了一下，一時卻想不出來要召喚什麼。奇怪，我應該有想見的、喜歡的人啊。對了，把貓叫出來好了。正這麼想時，上面傳來一聲「咪嗚！」抬頭一看，一隻白底虎斑貓蹲在牆頭俯瞰著我。

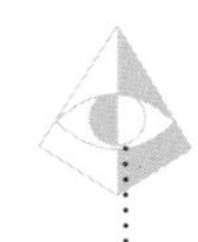

「我們應該不認識吧，可是我好像在哪裡看過妳？」我把手指伸過去，虎斑貓抽動鼻子嗅了嗅，和我碰了一下，愉快地搖起尾巴。我舉起手順著她的毛撫摸，貓咪瞇上眼睛非常享受的樣子。

貓的觸感異常鮮明，讓人忍不住一摸再摸。但我卻想不起任何一隻自己養過的貓，這讓我十分介意，忍不住用力在記憶中搜索起來。就在這個時候，耳邊聽到一陣類似水流高速通過細小管道的「噗嚕噗嚕」之聲，所有感官都開始變化起來，一時夢境消退，我過了兩秒鐘才意識到自己醒了，正躺在體驗室裡。

方塔索思開門進來，笑吟吟地說：「怎麼樣，很好玩吧。」

「嘆為觀止。」我坐起身來，把Dreamsphere脫下，好奇問道：「買下夢境的人也是這樣體驗的嗎？」

「差不多，但你今天並未吃下任何夢境，Dreamsphere只是幫助你進入清明夢，並在夢中給予簡單的提示而已。」

「原來如此。」

我們回到會談室坐下，方塔索思滿意地說：「你表現得很好，甚至有點超過我的預期，確實很有潛力。不過你要學習的技巧還有很多，譬如延長停留在清明夢的時間、察覺即將清醒的訊號並再次把夢穩住，還有最重要的，自由控制夢中的元素。這些都需要專業的指導和努力練習。」

我對他的能力已經沒有疑慮，暗暗盤算一下，雖然課程費用相當昂貴，但學會之後賣掉幾個夢就可以賺回來，投資報酬率很高。

方塔索思見我不即回答，又說：「我不只教你清明夢，還能讓你提高一般夢境的發生頻率和創意。以你的資質，說不定可以成為最高段的『夢行者』，到時候甚至能接訂單，做出客戶指定的夢境！」

●

離開診所時方塔索思給我一顆「佐夢眠」藍白膠囊，當晚我就吃下，帶著滿滿的信心入睡。隔天早上我做了一個關於貓的夢，並非清明夢但很美好。

夢裡我騎著腳踏車想回家，但始終找不到路，騎到一半腳踏車還壞掉。就在覺得「糟了」的時候，腳踏車瞬間變成放大版的胖橘貓茶茶。我看著牠寬闊肥胖的背部，問說你的脊椎該不會被我壓垮吧？何況你還斷過腿啊！然而茶茶貓卻很有自信地喵嗚一聲，大踏步奔跑起來，速度竟也不慢。

我們奔馳在馬路中央的雙黃線上，地面柏油簇新黝黑，標線鮮黃耀眼。我一直擔心

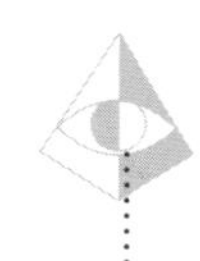

茶茶貓會不會亂跑衝到逆向車道，或者被車輛追撞。不過牠始終跑得很穩當，除了右後腳稍微有點跛，一點事情也沒有。

回到老家，我和恢復成正常尺寸的茶茶貓往後山上爬。那道階梯比現實中的長很多，我們不停向上爬，終於來到一塊展望良好的樹蔭下。天氣總是那麼好，春天的風舒服極了，滿山樹葉輕柔地沙沙作響。我在平坦的大石頭上躺倒，茶茶貓傍著我趴下，我們共享著舒暢的午睡。

我在夢裡睡了甜美的一覺，醒來時（還是在夢裡）無比清爽。坐起來四處一看，我曾養過的所有貓咪都在旁邊安然熟睡著，身體隨著呼吸均勻起伏，間或抖抖耳朵。雖然有些貓把頭埋在身體裡，但我還是可以立刻分辨每一隻的毛色、體型，還有名字，甚至可以聽到牠們愉快的呼嚕聲。而這是一幅多麼令人放心的情景。

只有茶茶貓醒著，牠趴在原處定定望著我，目光十分柔和。我對牠瞇了瞇眼睛，牠也對我瞇了瞇，告訴我牠很喜歡我。

●

醒來的同時，手腕上的iDream閃爍震動，發出訊息通知，我知道是莫費思來收購夢了。

茶茶男孩不知什麼時候跑到我床上來睡覺，我對他說：「茶茶，我剛才夢到你喔。」茶茶男孩睡死了，完全沒有反應，只發出粗魯的鼾聲。

我開門來到樓梯間，莫費思一改上次的冷淡，張開雙手說：「這才是你的實力啊，充滿了撫慰人心的能量！」他隨即拿出Dreamsphere，我理所當然地戴上，順利完成擷取。

莫費思捏起儲存夢境的紅白膠囊，傲然說：「我真的沒看錯，你確實是萬中選一的夢者，才上過一次方塔索思的課程就馬上解決先前的問題，做出這麼好的夢。」

「這個夢的賣相如何？」

「非常好！」莫費思把膠囊收進寫著「A」的小玻璃瓶裡，愉快地說：「兄弟，保持下去，你一定會開創出一番偉大的事業！」

「真的嗎？」我十分高興，已經很久沒聽到莫費思這麼正面的評語了。

「當然，我對你充滿信心。」莫費思瀟灑地一揮手，轉身去了。

我鬆了一口氣，心想夢者事業重上軌道，一切都回復正常了。

話說回來今天做了什麼夢呢？我回到房間，看到呈現大字形睡在床上的茶茶男孩，踢了他一腳喊道：「起來，你這個懶貓！」然後我把莫費思剛剛支付的現金收進錢包，

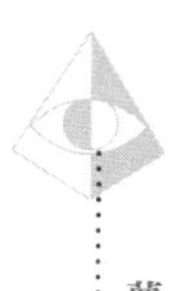

準備出門去附近的手做三明治店吃一頓豐盛的早午餐。那家店養了三隻很可愛的貓，說不定貓會來跟我玩。

●

當天下午我再度前往方塔索思的診所，很乾脆地付了九萬九千元購買課程。昨天學到的東西太有用了，非常值得投資，和未來能夠得到的長遠利益相較，這點學費實在很便宜。

方塔索思立即為我上了第一堂課，指導我幾個關於「孵夢」的基礎技巧，事先設定夢境主題。最有趣的一招是「北極熊召喚法」，方塔索思說當人刻意壓抑某個念頭，反而會造成反彈，對那個念頭久久揮之不去。譬如強制自己不可以想起「北極熊」，結果滿腦子都是北極熊。應用這套方法，在睡前強制自己不能去想某些事情，就能提高夢到那件事情的機率。

他說這整套體系都是在最新的科學研究成果上研發出來的，並且再次強調職業夢者必須不斷優化自己，以利於做夢和擷取。

「你可以考慮優化你的設備。」方塔索思拿出最新款的iDream 4手錶展示其功能，

「你之前太輕忽iDream的功能，只把它當成一個聯繫裝置，非常浪費。事實上它是幹練的夢境管家，能偵測你的睡眠節律，提醒你適時就寢，並透過高週波脈衝協助你維持快速動眼睡眠的品質。」

「好漂亮。」我把玩著充滿未來感的iDream 4，手腕上的舊版iDream 2S頓時顯得土裡土氣，「不過這一支要十一萬七千元，實在不便宜。到底跟舊版比起來有哪些新功能？」

「iDream 4內建不良因子規避功能，提醒你不要去聽、看不適當的視聽元素，以免汙染夢境。」方塔索思像是在施法術般熟練地示範操作，「它同時提供全方位的傳感功能，二十四小時掃描你的脈搏、血壓、體溫、代謝率、移動距離、血液酒精濃度還有情緒狀態，隨時提供正確的活動建議，藉此管理身心狀態，提高適夢性。」

「連情緒也感應得出來？」我半開玩笑說，「這些資料該不會變成大數據，被公司賣給其他廠商吧。」

「使用條款上約定得十分詳細，相關規定都受到《個資法》的完善保護，不必擔心。」

我把心一橫，掏出信用卡結帳。其實從我看到iDream 4的第一眼就很想要，只是礙於價格無法立刻下定決心，方塔索思這番話只是讓我有合理化的藉口罷了。

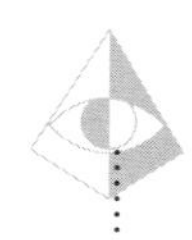

方塔索思取出全新的產品盒，現場拆封，並且替我戴上：「這有最大五十米防水功能，為了保持傳感資料的連續性，無論洗澡或游泳都不要取下。」他轉身取出一個藥盒給我，「這是附贈的佐夢眠，十顆一般型，一顆加強型，可以視狀況服用。」

●

上完課離開診所時心情非常好，每次去看醫生也是這樣，只要讓醫師診療過，藥都還沒吃就覺得已經好一半了。這不僅僅是心理受到暗示的效果，也是獲得拯救和希望帶來的信心。

此刻我全然相信自己，彷彿連上天都對我格外眷顧。天氣好得不像話，是個一整年中難得的佳日，天空蔚藍，空氣清澄舒爽，柔順的陽光把整座公園的綠意打得透明閃亮。我穿過馬路走進大安森林公園，愉悅地一邊散步一邊哼起《窈窕淑女》裡的〈With a Little Bit of Luck〉，手腕上新買的iDeam 4螢幕呈現代表愉悅的橘色。

目光所及的一切看來都如此明亮，跑步的人們充滿元氣，餵鴿子阿姨潑撒的小米被照耀得金光燦爛，松鼠躍過草地的姿態也像海豚般優雅。

我忽然在人群中發現一個熟面孔，仔細一看原來是李麥克，也就是我每賣掉一個夢都會給他三百塊的那個流浪漢。他拿著一袋堅果，又在長竹籤上餵松鼠。我好奇上前觀看，他熱情地咧嘴一笑，問道：「要不要餵餵看？」

「餵松鼠不太好吧。」我有點排斥地說。

「牠們開心，我們也開心，好得很吶。」李麥克硬把一根竹籤塞在我手上。

「我看還是算了……」我正想把竹籤還給他，卻有一隻松鼠冷不防攀著我的大腿爬上來把核桃搶走，然後一溜煙跑掉。我嚇了一跳，卻也感到一股莫名的欣喜。

「哈哈哈，你看，很好玩吧。」李麥克得意洋洋。

「好玩是好玩，但拿人類的食物餵食，對松鼠並不好。而且松鼠大量繁殖會危害到公園裡的鳥類。」

「嘿嘿，瞧你說的。」李麥克把竹籤拿回去，叉了核桃遞給另一隻虎視眈眈的松鼠，「這個公園到處都有人在餵食動物，那邊的阿姨會倒小米給鴿子，水池邊一堆遊客在餵魚和烏龜，西側涼亭有個阿伯每天傍晚固定拿鮮肉來餵鷺鷥，大家各餵各的，動物們共存共榮，豈不美妙？」

「那都是不對的，人類餵食動物只是滿足自己的支配慾罷了。」

「還有人每天晚上來餵貓呢，你怎麼說。」他眨了眨眼睛，挑戰地問。

「那不一樣，貓跟其他動物不同……」我正想說那並非出於支配慾，但隨即想到很多人餵貓其實也是出於某種心理需求。

「哪裡不一樣？」李麥克笑吟吟地同時拿三根竹籤餵三隻松鼠，「人就是有這樣的差別心，餵貓是做愛心，餵鳥、餵魚、餵烏龜、餵松鼠就是破壞環境，如果看到蛇還立刻就打死。可是你看，松鼠變多之後，牠的天敵鳳頭蒼鷹就來築巢繁殖了，小鷹每天都有吃不完的食物，順順利利長大，公園生態變得更完整哩。有供給就會有需求，有需求也會產生供給，這是很自然的道理。」

我頓時語塞，雖然覺得他強詞奪理，但我確實也在公園裡餵過貓，並沒有立場指責他。

「喔呦，有隻松鼠仆街了。」李麥克忽道。我順著他的眼光看去，果然有隻松鼠僵倒在紅土跑道旁邊，眼睛仍不斷抽動，尚未死絕。

「平常看牠們到處活蹦亂跳的，難免有種錯覺，好像公園的松鼠永遠都不會死似地，但沒有一場夢是不會醒的。」李麥克走過去把松鼠抓起來，放在樹叢後面，用落葉把牠蓋起來，語氣平靜地道：「好啦，你的夢已經做完了，好好醒來回去原本的地方，別再胡思亂夢了。」

「你說什麼？」我十分詫異。

「我最喜歡夢到當公園裡的松鼠，可以在樹冠上跳來跳去，還有人來餵食。嗯，這隻松鼠的夢做到頭了，元神的主人也許正在附近伸懶腰呢。」李麥克眼中精光一閃，又隨即隱去，樂呵呵說，「真不知是流浪漢夢到變成松鼠，還是松鼠夢到變成流浪漢喔？」

「你說的話很有意思，可以解釋清楚一點嗎？」這個人引起我的興趣，就當抬槓跟他聊聊也好。

「嘿嘿，你餵松鼠，別人也在餵你。你做著松鼠的夢，別人也在做著你的夢。你的慾望是別人設計的陷阱，是他們撒下的殘渣，你以為自己是創造者和消費者，其實是整個被消費了。這年頭啊，窮人連夢都得賣給有錢人！」李麥克把剩下的堅果一股腦兒全都倒在地上，十幾隻松鼠從四面八方衝過來爭搶，甚至彼此威嚇，不知怎麼令人看著覺得十分可悲。他把塑膠袋揉成一團塞進褲袋，搖頭說：「還不如回家做自己的春秋大夢。」

「你是個很會做夢的人吧。」我問。

「流浪漢除了做夢還能幹嘛？做夢是我最大的本事。」

「那有沒有人找你買過夢？」

「是有人一天到晚纏著我，說要花大錢買我的夢。哼，錢財乃身外之物，夢才是最珍貴的寶物，笨蛋才會賣掉。」李麥克指指自己的頭，「何況讓人把那種可疑的安全帽

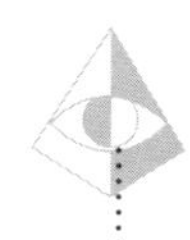

裝在自己頭上，不知道暗地裡對你的腦袋瓜子動什麼手腳，這麼危險的事我才不幹。」

「你說的買家是不是DreamEyes？」

「那幫人不是什麼好東西，我勸你離他們遠一點。」李麥克目光深邃地仰望天空，「一般人哪裡是在做夢，根本是讓夢騎在自己頭上。其實這『做夢』二字，把夢說得小了。夢的極致是醒夢不分，泯除物我之間的邊界，和他人的意識直接交流，甚至穿梭在不同次元的時空。夥計，你若能經歷那樣的夢境，定然對現實世界不屑一顧，也不會輕易把夢賣掉。」

「老哥，你說得太玄了。」我看這個成天在街頭遊蕩的傢伙天馬行空吹噓起來，心想他該不會是有妄想症？我忍不住反駁道：「夢是人在睡眠狀態下，理智中樞停止運作的產物，怎麼可能做到醒夢不分？」

「夥計！你我有緣，平時經常蒙你照顧，讓我不至於為了吃飯連夢都拿去賣，也算欠你一份人情，否則這個題目等閒我是不談的。」李麥克看了我一眼，緩緩說道，「醒夢不分是人生的至高境界，你必須與世界合一，但又不屬於這個世界。這說難也不難，首先你要醒悟，人生本來就是一場大夢，你所見所聞所感的一切，色聲香味觸法都是夢幻泡影。能理解這一層，就能放下對境、澈底捨棄自我。」

「你這是佛法，聽起來不太科學。」我搖搖頭不以為然。

「知識障！」李麥克豎指一比，「半吊子科學阻礙了人與自然的關係，讓人變成大機器裡的小螺絲釘，這種科學對人有什麼好處？」

我留上了神，當莫費思和方塔索思解釋夢的原理時，我也對於那種機械化的宇宙觀感到疑懼，因此李麥克這番話也有打動我的地方，於是我改容道：「你說的境界很令人神往，但具體來說應該怎麼做，能不能告訴我？」

「你既然誠心誠意地問了，我自當盡心回答。只不過這不知是幫你還在害你。」李麥克毫無預兆拔腿就走，「跟我來！」

他腳步甚快，我幾乎跟不上。我們通過音樂臺、穿過螢火蟲復育區，沿著水池走到觀音像，又從公園西側的人行道折返，最後爬到假山頂上。我忍不住問：「我們要去哪？」

「這一路過來，你都看到些什麼？」

「我只是跟著你走，沒有特別留意。」

李麥克長嘆道：「人生一場大夢，世事幾度新涼。夥計！夢海無邊，回頭是岸啊。」

我聽他打起無厘頭的禪機，不免有些著惱：「你到底想說什麼？」

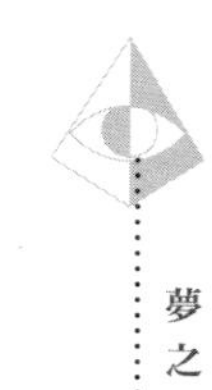

夢渣。

「夢渣？」我心頭一驚，之前在阿森學長的店裡，也曾聽學長提到這個字眼，但當我追問時，學長卻顧左右而言他，假裝沒提過。沒想到這時卻從李麥克口中再次聽到，於是抓著他追問：「什麼夢渣？」

李麥克大手伸出，四面八方亂比：「夢渣，夢渣，夢渣夢渣夢渣！才短短一趟路，我們就遇到至少五個夢渣。」他最後搖著指頭比向我，「還有好幾個快要變成夢渣的傢伙！」

「究竟什麼是夢渣？」

「泡過的茶葉叫做茶渣，沖過的咖啡叫做咖啡渣。至於夢被榨光的人，自然就叫做夢渣了。」李麥克用不祥的目光看著我，「到了這種地步，人不像人，整日裡渾沌渾噩，連自己是誰都不知道，那是至為悲慘的事情。」

「你是說，持續賣夢，最後腦部會受到傷害，變得傻裡傻氣？」我想起在人行道上騎腳踏車撞到我的女孩，還有陷入封閉的薰，甚至是阿森學長，他們臉上都掛著類似的漠然表情，令人不寒而慄，難道他們都是夢渣？

「夢渣的型態有很多種，變得傻裡傻氣還算好的，最怕的是只剩一副空殼，變成行屍走肉，或者內在四分五裂。」李麥克面若嚴霜。

「不對啊，哪來這麼多夢渣，能做好夢是一種特殊天賦，加入DreamEyes的人應該很少吧。」我說完話才發現自己的聲音微微顫抖。

「現在的『智慧裝置』，哪一種不是努力讓消費者產生自己很有創造性的幻覺？你還以為『他傻瓜、你聰明』，真的傻瓜才會相信他們那一套！」李麥克毫不容情地說，「你想想，所有的消費科技商品都拚了命打廣告，恨不得街上人手一臺，DreamEyes卻只能偷偷摸摸地幹這見不得人的勾當，因為他們跟本把你當成用完就丟的罐頭。而且他們還賣藥給你對吧，睡覺做夢原本是所有人的天性本能，到後來卻變成要花錢吃藥才行，簡直把睡覺做夢當成消費商品在賣，整個顛倒過來了！」

我倒抽一口涼氣，一時不知該不該相信他。前前後後想來想去，卻覺得他說的嚴絲合縫，可信度很高。「這麼說起來，我最近的頭痛、暈眩和莫名不舒服的感覺，就是腦部已經開始受到傷害的症狀？」

李麥克忽然在我頭頂按了一下，我大叫出聲，彷彿被按在瘀青上似地疼痛。他說：「邪氣已然上聚頂心百會穴，你自己再按按腦後風池、雙腕內關、神門，還有膝下足三里、踝內三陰交，看看什麼感覺。」

我在這幾個地方輕輕試按，竟然都觸手生疼，顯然很不正常。於是問道：「我這樣

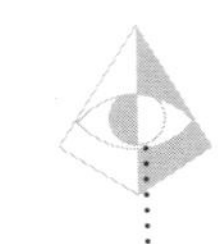

算是嚴重嗎？我還有幾個朋友已經變成夢渣，他們還有救嗎？」

「各人造業，只能自己承擔。」李麥克搖了搖頭，諷刺一笑，挑釁地問：「怎麼樣，還想跟我學做夢拿去賣嗎？」

我對他這個態度大起反感，同時也是不願相信薰、學長和自己變成什麼夢渣，因此倔強地搖搖頭：「你能證明你說的話嗎？你對這一切瞭如指掌，一定不是普通人，總是什麼研究單位或查緝組織的人吧。如果DreamEyes這麼邪惡，危害這麼大，也應該會引起有關單位注意。」

「呵呵，當流浪漢為的就是與世無爭，你說的那些都跟我無關，自然也沒有什麼證據不證據的。只因你我有緣，我才多嘴講兩句，你要信不信那是你家的事情！」李麥克看看天色，一副大事不妙的模樣道，「啊呦，這麼晚了。我得趕緊回我的位子上去，免得被其他流浪漢占走了。」說罷伸了個懶腰，一邊搔著肚皮一邊走下假山。

我猶豫了一下，正想追上去問個清楚，忽然間暈眩症發作，好像掉進一個巨大的洗衣機裡，四周樹木不懷好意地繞著我高速旋轉。我跌坐在地上，過了好久才慢慢恢復過來，而李麥克早已不見蹤影。

第6章

恐龍犬的衝浪季節

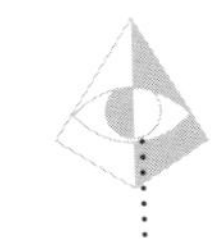

「恭喜你！」莫費思優雅地伸出手和我一握，臉上掛著成功商務人士的洗鍊微笑，「上次那則〈胖貓帶我回家〉在國際競標平臺上拍出了意料之外的高價，登上全球即時關注榜，連DreamEyes亞洲總部官網都有專文介紹呢。」

莫費思約我在一家威士忌主題餐酒館，說要為我慶功。這家店提供兩千種威士忌，兩面牆上酒櫃直頂到天花板。店內以深棕色為主要視覺元素，搭配隱藏式光源，營造出低調奢華的氣氛。

「我來唸一段官網上的評論。」莫費思舉起手機，一字一句念道：「權威夢境評論家卡爾．希格蒙將這則夢境的爆紅稱為『胖貓現象』，緣於現代社會高齡化和少子化，人們和寵物之間情感日深，發展出擬似親子關係，因此也有許多人對動物的傷病死亡感到難以平復的愧疚。這則夢境澈底與自我和解，充滿強大的療癒力量。夢者起初的迷途是夢最常見的主題之一，夢中的交通工具則是行動能力的象徵，在這裡，胖貓化身為穩健的載具，將夢者平安送回兒時成長的老家，隱喻著藉由動物般的本真能量，引導出久違的童年心境……」

「這太誇張了吧。」我噗嗤笑了出來，「這麼認真評論，連我這個原作者都不知道這個夢有這麼好。」

「真的就是這麼好。」莫費思放下手機，認真地說，「買下這則夢境的是一名日本財閥，他曾養過許多貓，但兩年前最愛的一隻貓因為交通意外過世後，他非常自責，無法再養任何寵物，甚至變得陰鬱暴戾，難以和人相處。然而這則夢境讓他澈底從傷痛中走出，不僅又養了新的寵物，也恢復往日親切的個性。」

「聽起來好像是功德一件。」

「絕對是！夢就是擁有這樣強大的力量，我們從事這個行業，期待的也就是這樣的時刻。」莫費思舉杯相敬，和我碰杯喝了一口，接著又想到什麼似地取出一臺Pad，「還有一喜，你這則夢獲得國際職業夢者協會ADP的積分，擁有世界排名啦。」

「那是啥？」

「Association of Dream Professionals，職業夢者協會，簡稱ADP。」莫費思在Pad上點了幾下然後推過來。

螢幕上是ADP官網的男子夢者排名，我照著莫費思的提示捲到最下面，果然看到自己的名字，後面跟著一分積分，在職業男子夢者中排名第一千九百六十七名。

「居然有這種東西。」我啞然失笑，「以前怎麼不知道有這個網站。」

「這是會員制網站，要有帳號密碼才能登入。」莫費思掏出一張繫著緞帶的賀卡雙手奉上，打開一看，裡面是一張塑膠卡片，印著我的姓名、照片，還有一組網路金鑰碼。「你現在是我們的會員了，歡迎正式加入美夢的世界，邁出職業夢壇生涯的第一

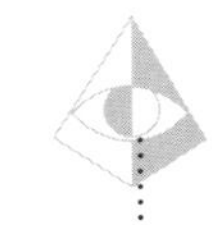

步。」

我接過卡片端詳一番後放在桌上，把網頁往上捲，裡面什麼國家的人都有。世界排名第一的夢者是叫做哈倫·拉希德的美國人，積分竟有一萬多分，遙遙領先第二名四千分之多。我吐了吐舌頭：「這個人都做些什麼樣的夢，竟然可以拿到上萬分。」

「那都是難以用言語形容的美夢。」莫費思仰起頭，彷彿無限嚮往，「哈倫是這個領域的傳奇，他的夢並不是最絢麗精彩的，但總是能深深打動人心，甚至把人的狀態往好的方向調整，簡直就是深度的精神整骨。」

「不過世界排名什麼的還是太誇張了，有必要這麼認真嗎？」

「兄弟，這可是大生意啊，很嚴肅的，畢竟夢產品那麼多，如果沒有一個參考依據，客人往往無從挑選。事實上每個夢者就是一個品牌，擁有獨自的風格，也會號召氣質相近的粉絲。」他在我的名字上點了一下，跳進個人資料網頁。上面有我的照片、出生日期、轉職業年分、身高體重、教育程度、職業（很虛榮地幫我寫著「小說家」），還有最高排名成績以及生涯總獎金數。

「暱稱『Der Wilder Reiter·狂野騎士』，這是啥？」我指著其中一欄，皺了皺眉頭。

「你是從那則狂野春夢開始受到注意的，所以我幫你想了這個暱稱，很酷吧。」莫費思眨了眨眼，「塑造明星夢者對公司的行銷來說是非常必要的。」

「為什麼用德文？」

「這是舒曼一首鋼琴曲的標題，在古典框架中充滿抑止不住的浪漫氣息，我覺得很適合你。」

「可是舒曼後來不是發瘋了？」

「不喜歡的話可以換。」莫費思漫不在乎地說，「反正現在品牌辨識度還不高，內容都可以調整。」

「其實暱稱什麼的是無所謂啦。」我想起李麥克提出的質疑，突襲式地發問：「不過這麼有趣的世界，為什麼不對公眾公開呢？」

「我們的客戶是全世界的富豪，多數人都非常重視隱私。職業夢者身價不菲，也有不少人擔心曝光，或者生活遭到騷擾影響夢的創造。」莫費思不假思索回答，說得合情合理。他再次舉杯，用真摯歡然得不容置疑的笑容說：「你進入排名之後，身價也就跟著水漲船高啦。」

我拿起杯子淺淺抿了一口，低聲說：「我倒是覺得有些空虛，自己做過的夢被人說得這麼好，甚至還改變了某個人的生命狀態，但是我卻一點也不記得這個夢的內容。無論你怎麼稱讚，我都沒有半點實感，好像只是在聽一件跟自己沒關的事情。」

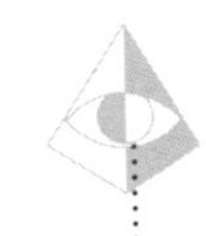

「對得到幫助的人來說，你的創造可是具體到不能再具體。」莫費思從質地高雅的西裝外套裡取出一個厚厚的信封遞給我，「分紅獎金更是實在得很。」

我收下信封，稍稍一摸已經大約知道分量，這種事情也漸漸有心得了。

「那麼，祝你很快又有一個好夢。」莫費思說。

「我最近不太舒服，想暫時休息一下。」我說。

莫費思微感詫異：「有方塔索思的訓練、iDream 4的生活節律控制，加上『佐夢眠』的效力，還會有什麼不舒服嗎？」

「嗯，偶爾還是會暈眩，而且注意力不太集中，整個人變得呆呆的。」其實我現在沒有這些問題，但和李麥克見面之後對莫費思產生戒心，想仔細再觀察一番，因此這麼說。

「我看你的iDream回報數值都很好啊，隨時都在適夢狀態。」莫費思淺淺一笑，老練地道：「就算真的有點不舒服也罷，譬如職棒選手，身上難免有些傷痛，如果用意志力加以克服，就能更上層樓。成為一流夢者的過程也是這樣，只要在專業的指導下勤加練習，不舒服的感覺就會慢慢改善的。」

「用意志力克服一切嗎？這樣聽起來很不科學，跟你們一貫標榜的態度不合。」我故意嘲笑他。

「這非常科學，只要有方塔索思的高等技術訓練，不但不會受到傷害，還能修復原本的損傷。」莫費思拍拍我的肩膀，「學如逆水行舟，不進則退。趁著掌握到訣竅，要趕緊努力精進啊。」

「過幾天再評估看看吧。」

莫費思看我態度冷淡，不再多說，喝了幾口酒之後卻嘆起氣來。我好奇問：「怎麼啦，沒看過你這麼沒勁。」

莫費思說：「最近有一家新同業，為了搶攻市場不惜用惡質手段來打擊我們的信譽。」

「喔，怎麼回事？」

「這得話說從頭。剛才提過，DreamEyes並未廣為宣傳，多數人不知道我們公司的存在。」莫費思像是在解釋什麼似地開場，「可是有一家新成立的小公司，企圖搶在我們前面推出普及版產品——雖然他們的技術比較落後，但在市場上搶得先機是很重要的，因此我們不敢大意。但是沒想到對方最近竟然開始到處散布謠言中傷我們，說Dreamsphere會對夢者的腦部造成傷害，還捏造『夢渣』之類的假專有名詞，哼，這麼缺乏想像力的名稱一聽就知道是胡謅的，偏偏很多人就是無法分辨。」

我心想，前兩天李麥克才剛跟我說到DreamEyes的種種問題，現在莫費思立刻提出

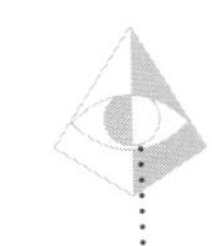

說明，這也未免太巧了，簡直像是對我的大腦進行監控似的。

莫費思難得拋開一貫的從容，氣憤地說：「這家公司不願意投注資金好好經營，派出商業間諜竊取我們的機密技術，甚至為了節省偵夢車等設備的建置，吸收很多流浪漢幫他們偵測路人的腦波資料！」

我暗暗吃了一驚，忍不住說：「用流浪漢偵測路人腦波，這是什麼怪招？」

「一臺偵夢車價格不菲，但發偵測器給流浪漢就便宜了。這年頭到處都是流浪漢，利用他們長年在街頭晃蕩的行動模式，就可以建立一個品質粗糙但投報率高的偵測網，亂槍打鳥找到一些夢者。」莫費思不住轉著酒杯，壓低眉頭，顯得充滿戒心，「對方負責吸收、管理流浪漢的人，是個綽號李麥克的傢伙，他用廉價的腦波干涉器幫流浪漢洗腦，還企圖將他們組織成暴力集團。」

我心想，李麥克是我擅自取的綽號，那個流浪漢不可能真的叫做李麥克吧？於是問：「你說那個李麥克是什麼樣的人？」

「你看。」他在Pad上點了幾下，秀出一張照片，果然就是那個李麥克，「這個人能言善道，騙了很多人。他手段陰狠，一旦被吸收的人沒有利用價值，立刻就無情拋棄，根本不管對方受到什麼傷害。這種壓迫底層弱勢者的傢伙最惡劣了。」

「我見過他。」我不動聲色，「他幾乎每天都在西門町，我有時候會給他一點錢，沒想到他竟然是這樣一號人物。」

「你最好不要靠近他，如果他跟你說了什麼話也不要相信。」

莫費思的眼神讓我想起大街小巷裡到處裝置的監視攝影機，或者《二一〇〇太空漫遊》裡的電腦哈爾，那些攝影鏡頭不帶一點表情，卻彷彿早已將你的所有舉動都看得一清二楚。而在短短幾天之內聽到李麥克和莫費思兩造完全不同的說法，讓我不知道應該相信哪一邊。

「算了，不講這些。」莫費思平靜下來，帶著魅力十足的嗓音說：「現在你是我們的正式會員了，可以到『Dream Cradle』——也就是我們的夢境體驗室走一趟，親自體驗別人的夢境，如此一來，你也會更理解自己正在做的事情有多麼有意義。」

●

到了約定那天，莫費思派了一輛麥穗金色的賓士來接我。我一下樓，司機恩迪端正地站在車門前等候，他年紀和我差不多，大約三十出頭。雖然這樣說有點不禮貌——以司機而言他的氣質相當出眾，不過並不難理解，畢竟是專門為高端客戶服務的公司，對員工的挑選很講究。

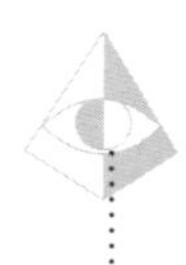

從上車那一刻起就感覺到服務已經開始，飲料架上擺著我愛喝的S.Pellegrino氣泡礦泉水和檸檬糙米醋，冷氣也調整在最舒服的二十七度，風量關到最小。

「想聽音樂嗎？」恩迪詢問道，「我們準備了你喜歡的孟克。」

「太好了。」我坐在過分寬敞的座位上，打開氣泡水倒進杯子，兌著檸檬醋喝了一口。恩迪按下播放鍵，熟悉的鋼琴音色便從喇叭傳了出來。我才聽一個小節就說：「這是《Underground》嗎？」

「是。」恩迪靦腆一笑，「其實公司電腦挑選的是《Brilliant Corners》，我擅自換成這張。這是違反規定的，請你不要跟公司說。」

「很好啊，這是一張很有意思的專輯。」我挺直身子向前問道，「你也喜歡孟克嗎？」

「喜歡。」他很乾脆地答。

「不過孟克的好作品那麼多，會挑選《Underground》表示你的品味很獨到呢。」

「這個專輯的音樂特別有意思，我也喜歡它的封面設計。」

「你說那個把孟克畫成二戰法國地下反抗軍的封面啊，那真的很酷。」我興味盎然聽著開頭處不斷反覆的鋼琴敲擊主題，笑說：「我每次聽到這個都覺得好像是那種無法關掉鬧鐘的噩夢，你自以為已經起床按掉鬧鐘了，其實還在睡夢裡，根本就沒有醒來。

甚至一次又一次夢到起身，鬧鐘卻始終持續響著。」

「這樣的元素在整張專輯裡面出現不只一次，大概這時候他的精神狀態已經不太穩定了。」

「奇妙的是音樂還是很有魅力。好像就算鬧鐘一直干擾、一直深陷夢中，也不妨礙他的創造力。」

「這是他的倒數第二張錄音室作品，不過很可惜到了下一張唱片就忽然澈底不行了。」恩迪一本正經地說。

我愉快地跟著音樂打起節拍，恩迪則不為所動地握著方向盤。我忽然想到：「對了，你們怎麼知道我喜歡什麼？」

「了解客戶的需求是我們份內的工作。」恩迪照本宣科地說。

「你應該載過很多名人吧？」我沒話找話。

「是啊，我們的客層很多元，有各種各樣的人物。」

「有什麼比較有趣的經驗嗎？」

「一般來說我們不方便透露客戶隱私。」恩迪從照後鏡看了我一眼，「不過有幾個客戶同時也是夢者，你在官網上就可以看到，我提一下應該沒有關係。」他說了幾個名字，確實我都在官網上看過。

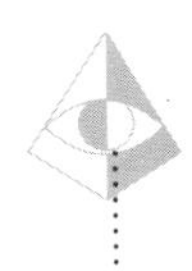

「我發現其中有無緣無故封筆的作家，還有淡出舞臺的明星，大家都覺得很可惜，沒想到是跑到你們這裡來發展了。」

「這是未來產業啊。」恩迪理所當然地說。

「話說回來你駕駛技術很厲害耶，我拿著飲料都不會潑出來。」

恩迪淡淡一笑：「我們入行訓練時，都得放一杯倒滿的水在儀表板上面，練到開一整天水都完全不漏出來才算合格。」

「可是道路難免會有坑洞，怎麼避開？」

「主要幹道的路面品質還是比較好，每天晨會的時候也會收到施工或者路面損壞的情報。事前準備很重要，我們出車前都要向主管提出行車計畫。」

「那不是跟開飛機差不多了。」我一邊喝著氣泡醋，佩服地說。

恩迪打太極拳似地輕輕轉動方向盤，車子如同悄無聲息接近獵物的花豹般移動。我們來到敦化南路，很快又繞到後面的巷子，沿著一堵長牆開到一個十分低調的車庫入口。

「現在要進地下停車場，下坡道時請留意飲料傾倒。」恩迪暫停在密閉式的車庫前，捲門隨即緩緩拉開，門內一個戴貝雷帽、身穿深藍色制服和長靴的保全人員探頭察看之後揮揮手放行。車子好像太空戰機返回宇宙母艦般輕巧地溜下坡道，最後在一座有另一組保全管理的電梯前停住，莫費思在這裡迎接我。

「歡迎來到Dream Cradle！」莫費思熱情地和我握手，引導我進電梯。面板上只有B1和8這兩個樓層的按鈕，他按鈕關門之後，電梯隨即像在真空管裡被往上吸似地輕巧移動。莫費思說這是他們公司專用的電梯，可以讓客戶獨立出入，澈底保障隱私。

出了電梯，玄關掛著一面米黃色的石板，上面刻著「Dream Cradle」，風格和方塔索思的診所頗為相似。隨著我們通過，走道上的隱藏式照明從米色轉為略為偏紅的亮橘色，莫費思揮手一比：「這些燈光是隨著來賓心情調整的，怎麼樣，第一次來覺得有點興奮吧？」

「確實是。」

「這並不是噱頭，我們藉此參考來賓當天的心情給予夢境建議，提供更好的服務。」

「真神奇。」我心下嘀咕，覺得自己的心情這樣表露無遺也滿恐怖的，又想不知疑神疑鬼是什麼顏色，結果走道尾端的燈光就轉成灰藍色，我趕緊把這些念頭都屏除掉。

我們走進一間接待室，服務生隨即端上一壺紅茶，茶湯明亮澄澈，散發著柑橘香氣，一問之下，果然是我特別偏好的錫蘭丁普拉茶。

「今天想做什麼樣的美夢？」莫費思張開雙臂，帶著比平常激切，簡直像在傳道般

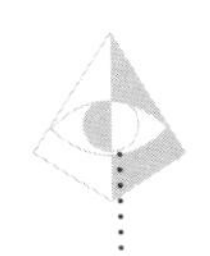

的語氣說：「這裡不只是最接近夢想的地方，這裡就是實踐夢想之處。有些人來這裡追求刺激，有些人在這裡拋開拐杖喚回青春與健康，更多人則是在這裡尋找心靈的寧靜。你歷史性的第一個夢是什麼？」

「我還蠻好奇，如果做自己的夢是什麼感覺？」我半開玩笑地說。

「確實偶爾會有人這樣問，但來這邊卻還要做自己的夢，豈不是太浪費啦。」莫費思爽朗一笑，向後招手，服務生托著一個銀盤過來，上面用高級巧克力般的盒子裝著一顆紅白膠囊。莫費思說：「我們特地按照你的興趣和狀態，利用電腦大數據運算選出這則推薦好夢。當然，你也可以自己挑選。」

「那我先看看目錄好了。」

「沒問題，你享有初次來店免費體驗優惠，在這個清單上的都可以選，比較貴的夢也可補價差。」莫費思舉手一揮，牆上一塊暗色鏡面忽然亮起來，變成一片螢幕，浮出「Dream Cradle」標題字樣，接著進入夢境選單畫面。目錄可用類別、長度、價格、夢者和地區等不同條件檢索，系統也按照我的資料為我提供幾則夢境建議，另外還有國際競標平臺的夢境拍賣活動。

「這是什麼意思，『夢境所在地：希臘雅典』？」

「公司的夢境體驗室遍布全球，每個會館都有基本庫存，如你所知，夢境膠囊是無法複製也不能用網路傳輸的，如果客戶想體驗某個保存在其他地方的夢，就必須事前下單調運。」

我捲動螢幕，看著各種各樣的夢境，每則都有趣味橫生的標題，譬如《臥室裡的冰蠶大逃亡》、《每個人心中都有一隻小魔獸》、《時光任意門》，旁邊附有夢境主題的說明、療癒效果和預覽畫面。一時看得眼花撩亂，嘆道：「真是琳瑯滿目，這個世界充滿了各式各樣的夢啊。我好像第一次走進玩具商城的小孩，發覺什麼東西都想玩。」

「一開始都是這樣的。」莫費思理解地一笑，「所以不如讓我們來推薦。電腦透過大數據的運算最準確，往往比當事人自己所想的還要準」

我故作認真地說：「不行，難道我自己做什麼夢還要讓機器來決定？」

「沒問題。」莫費思取出Pad交給我，「你可以先用餐跟入浴，一邊慢慢考慮。」

我們先到餐廳吃了午飯，餐點種類豐富，品質也沒有話說，但我始終食不知味，抱著Pad不斷瀏覽。飯後莫費思說讓我自己慢慢挑選，暫時退開。

一等到獨處的機會，我立刻在搜尋欄輪番輸入薰和阿森學長的名字，但都沒有他們的資料。我又試了他們的英文名字、臉書帳號、店名和綽號等可能的代稱，同樣都查無相關內容。不知怎麼，我竟暗暗鬆了一大口氣。這時我才醒悟到，自己實在不願意相信世界上有夢渣這種事情存在，也無法接受我的親友會變成那樣空洞的狀態。

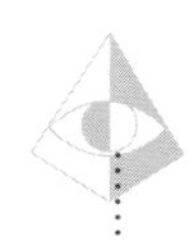

「決定好了嗎？」費默思忽然出現，「怎麼選個夢就搞得精疲力盡的樣子。」

「就這個吧——」我隨手在螢幕上一指，「《恐龍犬的衝浪季節》。」

「哈哈哈，這就是我們一開始推薦的那則啊！」費默思暢快笑道，「你先入浴放鬆一下，我們來準備。」

等我沐浴過，換上舒適的睡衣，費默思領我走過一段長廊，停下腳步說：「這裡平時是不開放的，今天特別讓你參觀一下我們的夢境典藏室。」他舉手一揮，牆上的暗色鏡面後方一道帷幕緩緩升起，露出裡面的空間。

隔著玻璃俯瞰，底下是一座巨大的球形空間，大概有三層樓高。從中央地面的工作塔上伸出幾道機械手臂，不斷將長方形的金屬扁箱取出或送到櫃位儲放，另有一組機器把扁箱打開取出裡面的膠囊。除了偶有穿著全套白色無塵衣的工作人員進來確認電腦參數，所有運作都是電腦全自動處理，簡直像晶圓工廠的生產線似地。

莫費思說：「目前臺北會館典藏的夢境數量有一萬四千五百多則，主要是本地夢者的夢境，也有少數從世界各地調來的。其中大部分是等級B、C的一般優級和良級夢，不過隨著偵測和擷取技術進步，我們典藏的A級特選夢境數量正在急遽成長。」

我趴在窗邊看了好一會兒，對這個情景感到十分入迷。真難想像，在這個房間裡儲放了這麼多人的夢境，如果它們同時在空中釋放出來會是怎樣一幅絢爛的情景？但此刻這些夢境都被封存在膠囊中沉睡著，房間裡只有乾淨冷冽的無塵室氣息。

接著我們來到夢境體驗室，門外有另外一個女生在等候。莫費思低聲說：「這是我們的另一位夢者，今天也初次來體驗，等一下你們會使用同一部夢境主機。」我看莫費思沒有要幫我們介紹的意思，大概為彼此保留隱私，因此也就沒有出聲招呼，只是微微點個頭。

體驗室內相當幽暗，地面鋪著厚厚的絨布地毯，牆壁和天花板都以幽藍色系布置，一走進去幾乎伸手不見五指，但到處都有巧妙的地燈或嵌燈，讓人在剛好看得見路徑的情況下前進。

「這是兩位的Cradle，你們的床位分別是12D和12E。」莫費思引導我們到定位，「今天的招待體驗行程安排的是經濟型Cradle，日後如果想體驗更獨立舒適的設備，也可考慮我們的商務型和頭等型Cradle。」

我仔細一看，所謂的Cradle是由五張深灰色的長躺椅組成，以堆積木般的巧妙方式交錯疊成五層上下鋪，而整間夢境體驗室裡有好幾組這樣的設備。這時眼睛已逐漸適應黑暗，我才發覺每個角落都有服務人員待命。

那位女生由一架特別的升降機送上第二層的D鋪位，我則直接躺到地面的E鋪位。藉由特殊的遮蔽設計，一躺下來之後就有種身處隱密空間的錯覺，讓人感到十分安心。

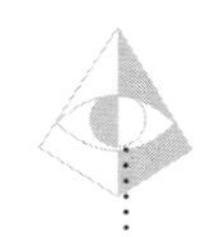

莫費思送上一個精緻的小玻璃瓶，裡面斜斜立著一顆紅白色的膠囊。他向我展示瓶蓋標籤，確認是《恐龍犬的衝浪季節》無誤，接著說：「請服用你今天的夢。」我撕開封膜轉下瓶蓋，倒出膠囊配水喝下，心裡閃過一絲沒來由的緊張，但隨即被強烈的興奮期待所淹沒。

等莫費思為上鋪的女生送完膠囊，我已戴上Dreamsphere、蓋著小被安穩躺好。莫費思在外面低聲說：「現在為兩位開啟夢境體驗，請放鬆躺平、保持心情愉悅——祝你有個好夢！」

耳際傳來熟悉的「嚶——」高頻噪音，意識猶如踩在往黑暗地下室的階梯上般，每深呼吸一下就往下走一階，思緒也跟著模糊一分。三次呼吸之後就進入睡眠。

●

這是南太平洋上一座小島的海邊，天寬地闊，我站在漂亮的貝殼沙灘上，看著琉璃般藍綠相間又透明的海水，整個心都被吸引住了。

海裡有一頭白色的大象在水中開心地翻滾，還有人騎著水上摩托車向大浪頭全速衝去，神乎其技地爬上浪波並雲霄飛車式地做了一個三百六十度度大翻轉。旁邊有一個人問我想不想玩，我說我應該會摔進海裡吧。另一人指著地上一條黃線說，海上隨時有可能發生瘋狗浪，遊客不能跨越這條線，原先那人卻哈哈笑說他在這裡很久了，從來就沒看過什麼瘋狗浪。

這時我看見八歲的姪女從沙灘上向我跑過來，我連忙說自己曬了一天太陽，身上很髒很臭喔。她毫不介意地說沒關係，然後開心地抱住我親親臉，讓我感到無比溫馨。

姪女帶我去看「恐龍犬」。沙灘高處正在進行親善教育活動，大哥哥大姊姊們牽著幾頭溫馴的恐龍，讓民眾和小朋友們觀看、撫摸。這種恐龍體型只比聖伯納犬稍大一點，嘴部圓圓地略向前伸長，口唇又有點像是紅毛猩猩。牠們目光溫和、動作遲緩，顯得良善已極，大家都很開心地和牠們玩在一起。

一個工作人員牽著一頭恐龍犬問我想不想騎騎看，可以騎到海上喔。我說這需要費用嗎？那人拍拍鞍具上的一個瓶子說，只要幫忙裝一瓶海水回來給他們就可以了。

我興致沖沖騎上那頭恐龍犬，笨拙地拉動轠繩、輕踢牠的腹部，恐龍犬搖搖擺擺走出兩步之後忽然拔腿狂奔，在眾人歡呼聲中衝進海裡。這時牠變成一輛水上摩托車，載著我左彎右繞、乘風破浪，痛快極了。

上面忽然有些不對勁，我一抬頭，發現一道大浪壓了下來，心想該糟了，這莫非就是剛才那人警告的瘋狗浪？然而恐龍犬並未往岸上逃，反而全速迎著浪駛去，沿著浪壁

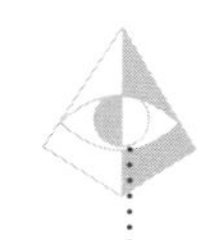

做了迴旋大翻轉，並且安然落回海面。我開心地歡聲高呼，拍拍恐龍犬稱讚牠太厲害了。

回到岸上，我準備歸還恐龍犬，才想起來忘了裝一瓶海水當作報酬。轉過身想去取水，天色卻忽然變得十分陰沉，颳起不祥的強風，彷彿暴雨將至，而變成灰黑色的海水則帶著惡意翻湧著，遊客們也紛紛驚慌遁逃。

沙灘上的恐龍犬們已經結束親善工作，被關在一處圍欄中。我遠遠就看見恐龍犬們的眼神變了，牠們瞪著我，像不友善的看門狗一般警戒著。連我牽著的那隻恐龍犬也變得躁動不安，狺狺低吠。

我不敢再靠近，並且發現圍欄的門是一道高僅及腰的普通柵門，而恐龍們都並未繫上鍊條，扒著腳準備跳出來。我在瞬間意識到牠們是不折不扣的猛獸，屬於自然的原始力量，絕非溫和可親的寵物。同時也感覺到自己身陷危險。

這時我聽見旁邊一個工作人員冷靜而快速地說：「D床發生解離事件，立刻斷線，直接連床後送。」

「D床斷線。」另一人說，「主機受到解離事件衝擊，系統超載，E床好像也快醒了。」

原先那人說：「給他投一顆佐夢眠，切入自體睡眠模式。」

「他的植入夢境還沒跑完，如果誘發自體夢境會造成深層意識衝突。」

「他醒來更麻煩，執行！」

我手上不知被誰塞了一顆藍白色的膠囊，並且聽到有人叫我把它吃下去，我乖乖照做。

場景瞬間改變，我置身在一棟老舊的校舍樓梯間，穿著防爆衣的隊員衝過來說兩枚炸彈都找到了，已經疏散現場群眾。隊員們用X光探測後確認螺絲並未設定防拆引爆，於是立刻轉下螺絲拆開外殼。

我是最有經驗的拆彈手，一向都是由我來剪斷電線。但是我身上只穿著尋常的襯衫和牛仔褲，而且看到線路時感覺完全陌生，只能茫然地跟隊員說我忘記該怎麼剪了。

炸彈滴答滴答急促響著，眼看就要爆炸。這時阿森學長不知從哪裡衝過來，揮手叫我退到安全地帶，然後拿著一把造型奇特的鉗子就要剪下。我趕緊轉身狂奔，才剛躲進牆後，忽然傳來一記異常紮實而短促的爆炸聲響，好像一顆鋼球炸開那樣俐落而充滿威力。

我心下大驚，探頭一看，阿森學長倒在一片焦黑的地上，生死未卜。而另一枚炸彈的時間也快到了，我必須決定上前拆除還是轉身逃走。

這時旁邊一個穿西裝的人忽然說：「主機狀態恢復，立刻中止E床的REM，執行短

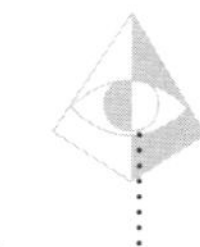

期記憶清理，然後再給他投一顆A級備用夢境。」

「用A級會不會太浪費了？」

「他的預期產能還過得去，就當作必要的投資吧……」

●

我在黑暗中醒來，覺得通身舒暢。我想起自己是在Dream Cradle的夢境體驗室，坐起身來摘下Dreamsphere，立刻有服務生送上一杯熱薑母茶。

「感覺如何？」莫費思從黑暗中現身，親切地問。

「好久沒有這樣一覺醒來神清氣爽的感覺了。」我試著舒展筋骨，全身都變得輕巧許多，「感覺太棒了。」

「還記得做了什麼夢嗎？」

「對耶，差點就這樣把夢給忘了。」我坐直身子回想，記憶有些模糊，想了一下才把夢重新整個抓出來，興奮地說：「我夢到去北歐看極光，原本在地球上看，後來飛到太空中觀看。那真是太美了，像一片碧綠的光之海洋，不，根本就是宇宙之魂匯聚而成的大海，充滿不可思議的生命奧秘。」

「太好了！」莫費思比我還滿意似地說，「那我們就到休息室去坐坐，我再請你吃點東西。」

「好啊。」我站起身來，看見第二層鋪位是空的，問道：「那個一起來的女生呢？」

「每個人體質不同，從夢境醒來的時間不一樣。她完成體驗後就先離開了。」莫費思說。

「嗯。」我忽然想起來一件事，「你說我今天做的夢題目是什麼？」

「《無垠流光——超絕感動的宇宙極光之旅》。」莫費思從小桌上拿起夢膠囊的盒子交給我，「帶回去作紀念。」

我接過盒子，在幽微的燈光下看了一眼，上面確實寫著《無垠流光——超絕感動的宇宙極光之旅》。

「對了，有件事怪怪的。」我說。

「怎麼了？」莫費思整個人警覺起來。

「原來做別人的夢是這種感覺。」我搓揉著額頭，說，「好像自己的靈魂裝在另一具軀體裡，體驗了別人的人生。雖然內容非常震撼精彩，畢竟還是有一些違和感。」

「這很正常。」他恢復和緩地一笑，「每個人的大腦神經叢組成方式不同，各種感

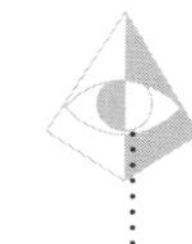

官和思維模式當然也都不一樣。譬如同一種顏色，在不同人眼中看到的就有差異。可惜沒有機會擷取梵谷或者畢卡索的夢，否則我們就可以知道他們眼中的世界究竟是怎麼樣一幅情景。」

「除此之外，我還有另外一層體會。像《無垠流光》這樣的夢我大概是做不出來的，今天的夢境體驗帶給我莫大的感動，也讓我了解夢境交換這件事情確實能夠為別人做出貢獻。」

「你終於明白了。」莫費思攬著我的肩膀向外走，「夢者跟頂尖運動員一樣，代表人類挑戰心智和體能的極限。夢者同時也是電影明星，代替社會大眾去經歷各種各樣的精彩人生，但夢者比明星更進一步，把他們創造的世界完整地交給大家親身體驗，這是更無私、更能增進人類福祉的偉大事業……」

●

實際體驗過他人的夢境之後，我對DreamEyes的疑慮消除不少，而且對於夢境交換的積極意義感到認同，因此再度積極投入夢境事業。

我持續前往方塔索思的診所，學習各種進階做夢技巧，包括睡夢瑜珈和清醒入夢等。這天我上完課之後，向他提出最近的疑慮：「我這陣子很認真運動和控制飲食，努力練習技巧，也照著iDream的指示調整生活節律，它叫我吃飯我就去吃飯，它叫我睡覺我就立刻躺平。可是做夢的頻率和品質還是不盡理想，甚至更容易暈眩了。」

「這樣多久了？」方塔索思問。

「從時間點來說，這發生在去Dream Cradle體驗夢境之後。那天體驗完夢境時雖然感到前所未有的清爽，但一回到家就開始不舒服，好像腦袋裡被挖走一塊什麼似地。」我敲敲自己的腦袋，好像那是一個沒裝滿的玻璃瓶，「而且我好像對體驗夢境有點上癮，第一次體驗過之後，又自己去體驗了兩次。雖然現在只買得起便宜的夢，但是每次從Dream Cradle起來時都好像補足了自己生命的某一小塊缺憾，身體的不舒服也都立刻緩解。但過幾天不舒服的狀況又會復發。」

「體驗夢境是好事，那不會造成你任何不適，你可以盡量去體驗。」方塔索思交叉雙臂凝視著我，嚴正地說：「你恐怕是對訓練過程感到倦怠跟畏縮，才出現各種心因性的症狀。永遠不要忘記，夢會要求你的全部，唯有澈底獻身於這個事業，才有機會力爭上游，否則不進則退！」

「我沒有鬆懈。」我有點不服氣。

「世界排名第一的哈倫．拉希德不僅是一流的夢者，同時是科技公司總裁、飛行員

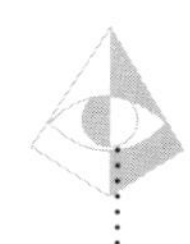

和賽車手，他會講八種語言，還會演奏五種樂器。你覺得你有他的幾分努力？」

「那樣的人是天才，我怎麼跟他比？」

「你可以看看他的報導，拉希德每天都花很多時間在各種練習上，他的成就不是憑空得來的。」方塔索思遞給我一本《Dreamers．尋夢誌國際中文版》，翻到介紹拉希德的那一頁，我快速瀏覽了一下，拉希德面貌帥氣、身材健美，渾身充滿能量與自信。報導以生動的敘事切入拉希德的日常片段，刻劃一點他的心路歷程、強調他堅持夢境事業的決心，以及優化自我適夢性的努力，最後是充滿正能量的激勵結尾。搭配精心擺拍的照片，在呈現拉希德的高貴氣質同時，又顯露他親切日常的一面，給讀者一種有為者亦若是的美好想像。

「帶回去慢慢看。」方塔索思語氣和緩下來，順手給我一瓶加強型佐夢眠，「我開強效的給你，iDream會依照你的身心狀態提供服用建議，你就照著吃吧。」

●

我按照方塔索思的指示吃藥、練習，但做夢的品質始終未見提升，暈眩也沒好轉。我開始失去生活重心，夢賣不掉沒有收入，寫小說的雄心壯志早已煙消雲散，平常連保持專注都有些困難。我甚至開始自責，覺得自己太過軟弱、不夠努力，但這沒有半點激勵的效果，只是讓情緒更加惡劣。

有一天我實在煩悶已極，出門到處亂晃，不知不覺來到西門町，在路上漫無目的徘徊。

「夥計，你在找我？」冷不防聽見李麥克的聲音，我轉頭一看，他坐在一條小巷子裡。

「沒有啊，隨便逛逛。」我說。

「嘿嘿，我老李鐵口直斷——你八成是遇到問題，求天不應、告地無門，所以六神無主地往我這裡走。」

我想起莫費思說李麥克是他們的競爭對手，還用各種陰險手段害人。我暗暗盤算，與其繞著彎子旁敲側擊，不如單刀直入問個清楚，於是道：「你也經營夢境的買賣嗎？」

「是DreamEyes的人這樣跟你說的吧。誰稀罕跟他們搶什麼臭夢，那種東西我要多少有多少。」李麥克一邊冷笑，從身旁抽起一個紅白條紋塑膠袋抖了抖，發出鏘鏘鏘的聲音。他隨手抓了一把，那是許多小玻璃瓶，裡面裝著一顆又一顆橘白兩色的膠囊。

「這又是什麼特效藥？」我帶著戒心問。

「流浪漢沒那麼多名堂，這些都是我的夢，純粹個人留念，我一個都沒有賣掉過。」李麥克抓個瓶子往空中拋著玩，一臉漫不在乎。

「你怎麼擷取夢的？」

「那還不簡單。」李麥克掏出一頂黑色的橄欖球帽，髒舊油膩相當噁心。他把橄欖球帽往頭上一套，呵呵笑道，「就靠這玩意兒——Dreamsphere Origin，初代原型機。」

「這是假的吧。」

「不然你試試。」他摘下帽子遞過來。

「不用了，你戴比較好看。」我下意識倒退了一步。

「別瞧不起這玩意兒，擷取解析度不輸後繼型，又沒有加裝一堆有的沒的植入功能，抰傷身體，作用溫和，戴起來不會四肢無力喔。」

「就算是真的，你怎麼會有這個東西，別跟我說是撿來的。」

「這種東西在我們實驗室隨便拿就有了。我告訴你，原型機種用的材料都是最好的，商用機種大量製造，為了節省成本，用料就差了。反正是套在夢渣頭上，把別人腦袋燒壞了也無所謂，DreamEyes那些人才不管。」

「你說你是研究開發人員？」我蹲下來仔細觀察他的樣貌，怎麼看也不像。

「你說是就是吧。」李麥克興沖沖地把橄欖球帽戴好，「怎麼來的不重要，重點是放在什麼用途上。像我把自己的夢存起來，偶爾無聊的時候吃一兩顆，重溫舊夢一下，這就挺好。跟你說也無妨，莫費思最想買的就是我的夢，眼看我的膠囊越來越多又始終不賣，他氣得牙癢癢的，就在背後說我壞話。」他在身旁隨手一抓，竟有好幾大包。

「但是你的膠囊為什麼是橘色的？」

「頂級好夢就是這顏色，免得跟一堆平庸的夢搞混了。」李麥克眨了眨眼，「你這樣問，表示你沒做過頂級的夢吧。」

我自尊心受損，不快地質疑道：「我怎麼知道這些都是你自己做的夢，說不定真的像莫費思說的，你也經營夢境買賣，這些都是你買來的。」

「喏，你要送你。」他不假思索抓了一把膠囊向我一比。

「這又是什麼詭計？」我愣了一下。

李麥克搖搖頭：「唉，想當初你我萍水相逢，你不時塞點小錢給我，我坦坦蕩蕩收下，那種情誼何等純粹，現在卻變得沒有一點互信。我對你一無所求，把你當朋友送幾個夢給你，還要被你懷疑，實在沒意思。」

我不知該不該相信他，莫費思說李麥克會將流浪漢洗腦，控制他們加入暴力組織，這種沒見過的橘白膠囊實在太可疑了。我忽然間靈機一動，先把這些夢收下，再帶回去給方塔索思分析一下不就得了？

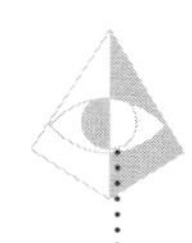

正當我這麼想的時候，一瞬間暈眩症忽然發作，小巷子狹窄的天空像螺旋槳似地旋轉起來，我一屁股跌坐在地上，痛苦不堪。

「唉呀，你的渣病犯了。」李麥克不由分說把那頂油膩噁心的橄欖球帽套在我頭上，又拿了一顆膠囊塞進我嘴裡，我絲毫無法反抗。「開始囉。」他在帽子上拍了一下，霎時間我只覺一陣和煦的微風吹過，就此失去意識。

我做了一個前所未有的好夢，甚至比《無垠流光》更好，那沒有特定的情節，而只有一種令人無比安心的情緒在流動。醒來時我覺得神清氣爽，種種不舒服的症狀都緩解了。

「怎麼樣，我沒騙你吧。」李麥克笑吟吟望著我。

我坐起身子環顧四周，體會著一種久違的真實感，覺得欣喜萬分。我摘下橄欖球帽恭敬地還給李麥克：「我誤會你了，應該要向你道歉。」

「呵呵，不必啦。流浪漢遭的白眼多了，這沒什麼。」李麥克擺擺手，掏出一個玻璃瓶拋給我，「你來找我，我不能讓你空手而回，這個夢你拿著，今天睡前吃下去。」

「可是我沒有Dreamsphere啊。」

「這個夢不是給你體驗的，是讓你拿去賣的。」李麥克和善地一笑，「最近業績很差吧，送你個好夢，你睡前吞下，天一亮莫費思就會來纏著你買夢了。記得吊吊他胃口，開個好價錢再脫手啊！」

我感謝再三，收下那顆膠囊離開。當晚臨睡前，我雙手抱在胸前，足足看著那顆膠囊三十分鐘，最後把心一橫吞了下去。

很難得地，我一下子就順利睡著，而且覺得通體舒泰。我不記得自己曾經做夢，但正如李麥克預言的，天一亮我醒來時，莫費思已經在門外了。

我隨口開了一個誇張的價碼，沒想到莫費思一口答應，喜孜孜地把夢擷取走，而且沒有造成任何不適。接近中午的時候，我帶著大把鈔票到西門町想交給李麥克，但找了老半天都沒有看見他的蹤影。

第7章 貓咪們的飯前會議

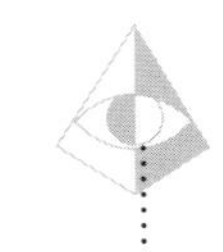

我再次去探望薰，茶茶男孩也一起去。

茶茶男孩一直對我的iDream 4非常有興趣，自從我戴上之後他就不斷企圖摘下來。原本給他玩一下也沒關係，但我記得方塔索思說要一直戴著才能維持傳感完整、分析準確，所以都阻止茶茶男孩這麼做。

這天在爬上通往薰家的大斜坡時，茶茶男孩又來摘我的iDream 4，我把手抽起來：「就跟你說過好幾次，這個不可以借你。」

「你去阿薰姊姊家的時候最好不要戴這個。」茶茶男孩說。

「為什麼？」

「總之不可以戴。」

「那你戴就可以嗎？」

「嗯！」茶茶男孩點頭如搗蒜。

「切！」我在他頭上巴了一下，「這麼小就會亂編理由騙人。」

「我沒有亂說，也沒有騙人。」茶茶男孩氣呼呼地說。

「我說過啦，你可以玩，但是不能把它從我手上拆下來。」我摸了摸iDream 4，確認它還緊緊地繫在手腕上。

我們走上斜坡，熟門熟路抵達薰家。蘇媽媽一看到茶茶男孩就說：「跟你好像啊，是你兒子嗎？」

「是我外甥。」我心下嘀咕，怎麼大家都說一樣的話，明明一點都不像啊。

由於是第二次來，少了很多客套，我直接到薰的房間去看她。薰的氣色似乎比之前好些，但整體狀況並沒有改變。奇妙的是，她一看到茶茶男孩的瞬間，臉上漠然的表情就立刻柔和下來，伸出手摸了摸茶茶男孩的頭，茶茶男孩則瞇著眼非常享受的樣子。

我這次也帶了書來準備朗讀，不過才剛打開，茶茶男孩就拿著一張CD說：「我們家也有這個。」

「你不要亂翻人家的東西啦。」我拿過來一看，竟是《搖擺路西耶》，我們老家確實也有一張，只是不知道被我塞在哪個陰暗的角落，而且十多年來不曾想起。「你想聽嗎？」我問。

「貓不聽音樂。」茶茶男孩一轉身又在玩我的手機，我從來不知道他是什麼時候把手機拿走的，根本防不勝防。

我把CD放進唱機，按下播放鍵。喇叭裡傳出庸俗的爵士鋼琴演奏，還有用變聲器調整過的人聲，一群女生像是含著養樂多瓶子般嚶嚶嗡嗡唱著文青風的空洞歌詞，不知所云。

搖擺路西耶是一間錄音工作室，幾個號稱對音樂抱持理想的年輕人整天泡在那裡，沒事就錄點東西來玩。薰到法國讀書前有朋友帶她去，她覺得有意思就接連去了幾次。有一次我約好去搖擺路西耶門口接她，時間到了卻不見她出來，打手機也沒訊號，我只好進去找她。團員們帶著漫不在乎的語氣叫我一起留下來玩，但我對他們一點好感也沒有，假意編了個理由非走不可，薰還為此有些不開心。

那天薰拿了這張CD給我，我一回家就播來聽，但實在無法欣賞。當晚我在電話裡直率地批評，說他們的音樂非常平庸，而且平庸就算了，還打著創作的旗號耍一些毫無道理的花招，完全沒有藝術的技巧也沒有藝術的誠懇。可能我說得太過頭，薰竟難得激動地和我爭辯起來，說人家對創作充滿熱情，而且很努力在實踐。薰沒有把話頭對準我，但我卻受傷了，覺得她暗暗諷刺我的理想從來都只是空談。我很不服氣，因為自己覺得在準備好之前不該貿然寫出不成熟的作品。沒想到薰卻為那些庸俗而不正經的玩票人士辯護，說他們充滿行動力，朝著理想大步前進。

這個事件後來怎麼發展我已經沒印象了，也許我們刻意不再提起，也許因為我們很快被薰要出國的事攪擾得更加煩亂，無心去理會這個無聊的話題。

我看著此刻彷彿被包在一層膜裡的薰，她歪著頭聽這個音樂，臉上沒有任何表情。事隔多年回想起來，自己那時太幼稚了，為這點事情就要生氣，而且以結果來說我確實只是在鬼混。我像是懲罰自己般勉強把第一首曲子聽完，然後按下停止鍵退出CD。

「妳記得樹洞的事嗎？」我問薰，她瞇了瞇眼睛，沒有回答。

我曾說她像是一個在森林裡玩耍的小女孩，喜歡到處東採採、西採採，看到什麼新奇的東西就會立刻被吸引。薰則說我像是一個樹洞的守護人。「是那種十幾二十個人才能合抱、中間被蛀光的那種神木。」當年的薰說，從外面看，會以為樹洞裡面是潮溼陰暗的，但走進去才發現地上是乾爽舒適的草皮，抬頭可以透過空心的樹幹看見一小塊天空，有時還會出現星星。躺在裡面讓人覺得很安心，可以靜靜地窺看夜空，甚至像是用一架具有神奇力量的望遠鏡看見宇宙深處。

「但是樹洞的角落裡卻有一個很深的地穴。」當年的薰說，「你邀請別人進來分享夜空的同時，也要求對方去填這個地穴，那只能用愛與溫暖去填補。起初我很願意幫你填這個穴，但後來我發現那是永遠填不滿的，它會自己變深、不斷要求更多，根本就是個無底洞。當我無法再多填一點時，樹洞的守護人就會變得非常沮喪，也讓人難以繼續在裡面待下去。」

薰大學畢業後去法國留學兩年，學了什麼並不重要，她想體驗的只是法國的生活。我們每天用通訊軟體講很久的電話，分享著彼此的生活，感情始終不曾褪色。但半年之後她終於告訴我，她正在和另一個臺灣去的男孩交往。她並沒有失去對我的喜愛，只是同時被另外一個人吸引，就像當初覺得出國和維持感情並不衝突似地。但她漸漸被這矛

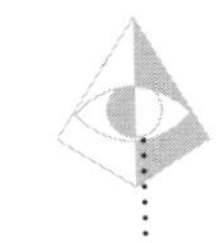

盾的想法壓迫，因而愧疚不已。

我身體裡像是個高壓蒸氣室在悶燒，對外界視而不見聽而不聞，爬到自家屋頂上坐了一整夜。最後我忍不住開口跟老媽要了一筆錢，飛到法國去找薰。

薰到戴高樂機場來接我，然後陪我在巴黎玩了幾天，又去她讀書的小鎮，跟寄宿家庭多要了一個房間讓我住下。我從一開始就知道自己沒有勝算，這在當初她決定要出國而我絲毫不考慮一起來時就已經決定了。我留著自以為瀟灑的一頭長髮，而那個男生推了平頭展示決心。我躺在樹洞裡的無底坑旁流著眼淚訴說樹頂星光的美好，薰卻已和那個男生牽著手走到銀河橫空星光欲墜的草崗上。

薰和那個男生交往一段時間之後分手了，兩年後她回臺灣，我們很自然又在一起。不過隨著相處日久，彼此無法磨合的部分一一被確認，即便不再有家長的反對或距離阻隔，終於還是淡淡走到分手的點上，彼此帶著善意輕輕挪開腳步，不再有情緒和遺憾。也因為這樣，我們仍然可以把對方當成朋友或家人。

薰後來在時尚圈工作，由於有流利的法語能力，經常到巴黎參加發表會，也負責接待法國的來賓，過著她夢想中的生活。我們仍然不時見面交換近況，漫無主題地亂聊，後來才慢慢減少碰面。

其實在那時候薰就越來越沒精神，那不是疲倦，而是從身體的深處逐漸喪失元氣。

她說話的音量變得十分微弱，有一次我們走著走著，她還忽然沒來由跌了一跤。這樣說來，她的問題也許在那時就已經表露徵兆，只是我們都沒有意識到後來會演變成這樣。

我沉浸在回憶中，眼角瞥見iDream的螢幕緩緩閃動紅光，顯示這是適夢性良好的一刻，提醒我更加深刻去感受，以便作為夢境的素材。

薰看到發光的iDream，臉上忽然出現怪異的變化，那怪異是雙重的，一則是她漠然的臉上瞬間鮮活了起來，彷彿從一段漫長的睡夢中甦醒。然而她的身體卻變得無比僵硬，好像陷於夢魘之中，渾身不能動彈、無法發出一點聲音，眼神裡充滿畏懼。

「妳怎麼啦？」我連忙近前查看，薰卻猛然大叫一聲，抱頭趴在床上。

「發生什麼事？」蘇媽媽聞聲而來，看到薰的模樣，趕緊摟著她不住安撫。

茶茶男孩指著我手腕上的iDream說：「我就說不可以戴這個。」

我對蘇媽媽解釋：「剛才薰看到我手錶上發出的亮光，忽然就變成這樣，也許是光線的刺激太強了。」

「阿薰也有一個類似的手錶。」蘇媽媽愣了一下，「每次手錶像這樣閃著紅光的時候，她就會放下手上的事情，閉上眼睛陷入沉思，還要求大家不能打擾她。」

「不會吧。」我腦中嗡的一聲，想起夢渣的事，莫非薰真的曾是個夢者，因而腦部受到傷害？這時iDream的螢幕變成快速閃動的綠色，表示我的情緒異常波動，容易產生

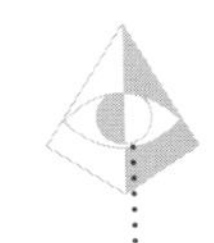

對夢境不利的元素，必須趕緊從當前的情境脫出。

「在這裡！」茶茶男孩從床底下拿出一支iDream，屬於早期型號，上面沾滿灰塵。

「就是這個。」蘇媽媽憂心地說，「我那時就覺得有點不太對勁，可是也說不上來哪裡不對，好像這個東西會把阿薰的魂給吸走似地。」

茶茶男孩打開窗戶就要把薰的那支iDream丟出去，我搶上前去奪了過來，對蘇媽媽抱歉道：「對不起，我不知道這個東西會刺激到薰。結果我來這裡不但沒幫上忙，反而嚇到她。」

薰緩緩坐了起來，微微張口說話，但聲音細若蚊鳴。蘇媽媽湊上前問：「妳說什麼？」

「她說要喝水。」茶茶男孩說。

「妳要喝水嗎？」蘇媽媽問薰，她點了點頭，蘇媽媽連忙起身去外面準備。

「妳醒了嗎？」我問薰，她茫然看著我沒有回答。

蘇媽媽很快拿了一杯水進來，薰虛弱地伸出手接過，湊在嘴邊淺淺啜了幾口，接著逐漸變成大口吞飲，咕嘟咕嘟把水直灌進喉嚨裡。她從眼角流下淚水，但臉上並沒有悲傷的表情，彷彿只是喝得太急，水從眼睛滿溢出來似地。

薰喝過水之後恢復許多，平靜地側臥在床上休息。我不便再打擾，趁勢起身告辭。

蘇媽媽送我們到電梯間，我再次向她道歉，但她直說沒關係，至少薰今天對外界有比較多反應，也許是件好事。「阿薰該不會是被什麼東西煞到？我正在想要不要找師公幫她驅邪。」蘇媽媽壓低聲音說，「我大姊的朋友說有一間廟很靈驗，要帶我們去。」

我知道薰家沒有宗教信仰，蘇媽媽會這麼說表示她已經難以再面對薰的狀況。如果薰真的變成了夢渣，表示腦部受到傷害，說不定看醫生會有幫助，於是說：「也許先去看看神經科吧。」

「神經科啊？」蘇媽媽好像被燒開的水壺燙到，「那不是神經病在看的，阿薰又沒有神經病。」

「那是精神科，神經科看的是神經系統的疾病。」我簡單解釋了一下，蘇媽媽還是顯得興致缺缺。

茶茶男孩信心飽滿地說：「妳放心，我們一定會把阿薰姊姊救回來的！」

「不要亂講話，薰又沒有被誰抓走。」我巴他的頭。

蘇媽媽被茶茶男孩逗笑了，親切地送我們離開，直說有空再來。

離開薰家的社區，我們走在陡直的下坡上。我問道：「茶茶，你真的知道怎樣可以把阿薰姊姊治好嗎？」

「帶她跟我們一起去爬山。」茶茶男孩不假思索地說。

「她現在怎麼可能去爬山？」

茶茶男孩不知從哪裡拿出那枚蟬形玉佩，興高采烈地說：「只要帶著這個，就等於帶著阿薰姊姊去爬山啦。」

「你又亂拿我的東西，還來！」我把玉佩取回，小心地收進長褲右邊口袋。

「那個口袋有破洞喔。」茶茶男孩漫不在乎地說。

「胡說！」我才剛罵完，忽然感覺玉佩真的從大腿一路往下滑，趕緊隔著長褲抓住，小心地讓它從褲腳溜出來，仔細拿好。

「我就說吧。」茶茶男孩得意洋洋，「自己的東西要自己收好啊！」

●

我們在外面吃過晚飯，入夜後才回到住處附近。我在樓下的小公園找了張長椅坐下，拿出薰的iDream來端詳。那上面沾染了不少灰塵，顯得相當陳舊，長時間未曾使用，也早已沒電了。

這是薰曾為夢者的直接證據，同時也隱隱指向一個令人悚然的事實：薰真的很有可能就是所謂的夢渣。我用手機上網，登入DreamEyes的網站，再次搜尋薰可能使用的各種暱稱，仍然一無所得。

我廢然放下手機，一抬頭看見大半枚月亮掛在樹冠縫隙間，算一算今天大概是初十左右吧。我想到過幾天就要和小栩去爬三叉山、嘉明湖，到時候剛好是十五滿月。

忽然想起來，茶茶男孩也要去，但是他從來不運動，到時會不會走不動？正這樣想時，發覺茶茶男孩不在旁邊，我四處張望一番，原來他蹲在角落的小土地公廟前面。

我走過去一看，茶茶男孩和幾隻貓圍成半圈，簡直像在開什麼會議似地。貓咪們姿態優雅地端坐著，看到我大多鎮定不動，只有兩隻比較膽小的稍微竄開兩步又回頭觀望。

茶茶男孩抬起頭說：「阿姨今天沒有來，大家很餓。」

「什麼阿姨？」我問。

「就是平常每天帶東西來給大家吃的阿姨。」

「喔。」我恍然大悟，原來這裡固定有人來餵貓，而今天那個人不知怎麼缺席了。

「你去買東西給大家吃好不好？」茶茶男孩說完，一隻白底黃斑的貓跟著喵嗚一聲，彷彿帶頭請願。

「好啊。」我立刻去附近的便利商店買了幾個貓罐頭、一瓶礦泉水和一疊紙碗回來。當第一個罐頭「呱啦！」打開，引頸鵠候的貓咪們頓時群情沸騰，全都不計形象地

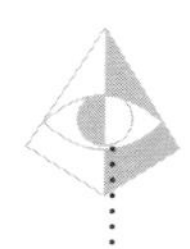

圍上來喵嗚鼓譟。我把罐頭倒在紙碗裡分給眾貓，又倒了兩碗水放在中間，大家一時埋著頭貓吞虎嚥，嘖嘖有聲。

眾貓很快陸續吃飽，舔手理毛恢復冷靜，或者慢條斯理過來喝點水，接著毫不牽掛地各自往不同方向隱去。

我對茶茶男孩說：「我剛剛看到你跟大家蹲在一起，還以為你們在開會呢。」

「嗯，是每天例行的飯前聚會。」茶茶男孩一本正經地說。

我笑說：「那你們都聊什麼？」

「貓平常不太愛聊天，偶爾會聊聊天氣、哪裡有吃的、什麼地方睡覺不會被人打擾，或者昨天誰跟誰打架。不過我們剛剛在說阿姨怎麼還不來，她從來不缺席也不遲到的。」

「說不定她今天有事，或者生病啦，你們都不會擔心她嗎？」

「貓不擔心這種事。」

「真無情。」

「大家還討論了虎爺的事。」茶茶男孩瞪著地上的貓食，一副很想吃的樣子。

「虎爺？」我忽然想起來，「是說土地公廟的虎爺不見了這件事嗎？」

「虎爺沒有不見，祂只是升官調去比較大的廟了。可是這邊的虎爺出缺很久都補不上。」

「為什麼？」

「這邊沒有人拜拜，香火太少了，可是虎爺的勤務卻越來越多。」茶茶男孩老氣橫秋地說，「低薪、過勞、客戶難搞，吃力不討好。」

「沒想到虎爺也有這樣的問題啊。」我隨口和他閒扯，一邊收拾著地上的紙碗。我本想再坐一會兒，但這時手腕上的iDream 4發出訊息，提醒我準備盥洗，於是立刻提著垃圾回家。

當晚我又暈眩了，而且比平常持續得更久。我依照iDream的指示，睡前吃了一顆加強型的佐夢眠，十一點上床就寢，不久便淺淺地入睡。但到了半夜一點忽然全身發熱冒汗醒來，肩膀和背部肌肉異常緊繃，整個人好像放在空檔上卻把油門踩到底的車子，引擎淒厲嘶吼，發出塑膠燒熔的味道。我翻來覆去，怎麼也睡不著。

iDream指示我再吃一顆佐夢眠，但我不知怎麼生出一股反抗之心，把指示直接關掉。我沒開燈，在黑暗中下床換了衣服，出門到公園的長椅上坐著。

雖然已經是十一月底，夜裡氣溫還有二十度上下，相當宜人。iDream不斷跳出警示，要我立刻回家、吃藥、上床。我不堪其擾，把它摘下來收進口袋，這時才察覺月亮已經不見了，巷弄裡一片清寂，公園杳無人氣，連路燈看起來也變得消沉許多。

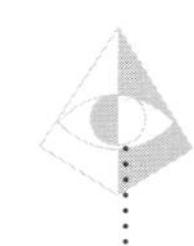

一瞬間有種重獲自由的假象，彷彿這無人的公園和巷弄都只屬於我，而我再也不受任何束縛。但下一秒鐘我立刻感覺到深刻的悲傷，因為這虛假的自由只能建立在一個全面沉睡的世界，人們都在屋裡安睡，靜靜做著各自的夢，而我卻被夢境放逐到這個荒蕪之處。

我想起薰，不知該怎麼幫助她。同時也擔心最近種種不舒服的現象，是否代表自己正在變成夢渣？而夢渣到底是什麼，是變得再也沒有夢想？是變得渾噩度日、對生活敷衍推拖，還是變得澈底痴呆？

我忽然覺得，從某個意義來說，我早就變成夢渣很久了。從工作期間每天在河堤上午睡，看著稻田發呆那時候，我就已經是個不折不扣的夢渣了。或許是在更早以前，在某個自己一點也沒有意識到的時刻，我喪失了某樣應該好好保管的東西，並且就從那個時間點上無可挽回地朝著變成夢渣的方向移動。

●

我和茶茶男孩及小栩一起搭火車去臺東。我很久沒去臺東，還停留在單程需要七個小時的古老印象，沒想到普悠瑪列車只花四個小時就到關山了。

我背著新買的Osprey背包，穿著簇新的AIGLE排汗衣褲和黃金大底登山鞋，全身上下大概只有一對登山杖是舊的。很久沒爬山，很多裝備都老舊不堪了，剛好茶茶男孩也需要買裝備，我就索性幫自己買了一整套。這些是我以前想買而買不起的，這次趁機滿足一下陳年的消費欲望。

這趟行程很令人興奮，一方面是我久違的出遊，二來我內心正處在茫然迷霧之中，覺得到山上去或許可以讓自己清醒一些。

小栩的朋友阿鵬因為工作的關係，今天下班後才會搭晚班車過來，在朋友家住一夜後明天再跟我們會合。我們三個人先坐公車到霧鹿的天龍飯店投宿，由於這天客人不多，兩個房間都被升等到面對溪谷和吊橋的景觀房。我們放好行李還不到四點，於是到吊橋邊張望，可惜因為年久失修而封閉。小栩看著上鎖的鐵網門，顯得若有所失。

時間還早，我們決定到霧鹿部落上方的砲臺去看看。原本吊橋和部落之間有階梯捷徑，但現在同樣無法通行，只能先沿著南橫公路往回走一段，然後在從通往部落的岔路上去。

這段路全程三公里多，我們很少交談，多數時候看著峽谷風景默默走著，一面小心注意公路上的往來車輛。

部落家屋分布整齊、形式劃一，中間由一條筆直的道路貫穿，顯然是計畫性遷村的

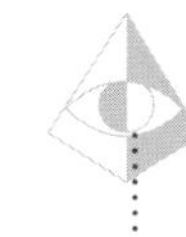

產物。居民似乎大多務農，部落裡只有一間雜貨店和一間工作室，也有不少家屋已經荒廢。傍晚霧雨飄來，家家戶戶都在院中燒柴取暖。

我們循坡往上，筆直道路的終點正對著一座小學，操場上仍有小朋友在玩球。這裡是河階臺地上的高點，日本時期設有駐在所，是關山越嶺道上最大的原住民監控據點。

繼續往上走一小段，小栩領先從路旁的階梯爬上去，小丘頂上有個中式涼亭，旁邊靜靜架著兩門鐵棕色的大砲。解說牌上說，這座砲臺在一九二七年設置，兩門大砲是俄國鑄造，在日俄戰爭中被日軍擄獲，上前一看，砲身上確實鐫刻著俄文。

砲臺完成至今將近百年過去，砲口依然指向滿山雲靄，砲身則被霧氣濡溼，精鋼所鑄的砲身沒有任何缺損，但早已失去所有生息，彷彿某種古代生物遺骸，雖仍殘存著悍猛的巨大下顎和尖牙，卻不再有絲毫戾氣。茶茶男孩對著砲口窺看半天，又想爬到砲身上，被我一把抓下來。

「日本人居然把這種東西運來這裡。」我撫摸著砲身，觸手一片溼濡冰涼。

「它們的身世還真奇妙，在俄國鑄造，千里迢迢拉到中國參戰，又從日本輾轉運來臺灣南部的深山之中。」小栩說。

我望著被白茫茫的山谷，很難把粗暴的火砲發射情景和眼前的寧靜山野結合在一起。天色漸漸暗了下來，四面雲霧氤氳，頗有寥落之感。

我們摸黑沿著南橫公路走回飯店，晚飯後休息一下，約好九點半到一樓的戶外溫泉池泡湯。茶茶男孩聽說是泡澡，抵死不去，「貓最討厭洗澡！」他說。於是只有我跟小栩換了泳裝入池。我把整個身體泡進溫泉裡，看著燈光下斜飛的一團霧雨，愜意極了。

「啊，好懷念。」小栩把口鼻沉入溫泉裡，眼睛貼著水面，像小動物般靈活轉動，一會兒才稍稍浮起，說道：「我爸帶我們來的那次也在這裡住過一晚，那時飯店才剛開幕。我們在吊橋上拍過一張合照，兩個小女生開心比耶，反而是我爸有點懼高症，表情不太自在。」小栩笑了出來，「我媽都說他懼高症還爬山，他總是說只要一直往上看就好了。」

「非常健康的心態，不過實務上很難做到吧，哪有人爬山不看腳下的。」我起身坐到池邊的石頭上散散熱，霧雨啄在身上，一點一點涼冰冰的。

「現在想起來好像上輩子的事了。」小栩以一種千帆過盡的淡然說，「我爸被工廠倒閉這件事澈底擊垮，從此變成一個悲觀而畏縮的老人，再也沒有一點進取的想法。當然沒有人能苛責他，自己一手建立的事業整個垮掉，遭到合夥人背叛，長年合作的生意對象不但沒有伸出援手，甚至落井下石，他會變成這樣也是可以理解的。但我看到他現在只會計較一些雞腸鳥肚的事情，或者一邊看政論節目一邊謾罵，還是覺得很悲傷。」

我說：「妳知道嗎，高中的時候我偷偷暗戀妳呢。」小栩沒想到我會在這時候提起

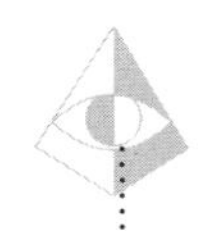

這個話題，不禁愣了一下。我繼續說：「我覺得妳和其他女生不一樣，事實上和大多數高中生都不一樣，給人一種格外篤定的感覺。高中生通常都是漂浮的，要嘛因為心態還不成熟而顯得毛躁，或者因為搞不清楚自己的位置和方向而感到不安。有些漂亮的女生則是非常敏感，對外界過分在意，顯得很緊繃。可是妳隨時都很自在，感覺對自己在做的事情很有把握。」

「我應該說謝謝嗎？」小栩莞爾。

「我想妳應該謝謝妳爸，不管他後來變成怎麼樣，至少他曾帶給妳們姊妹很棒的東西。」

「當然啊，我只是不知道有什麼方法可以幫助他。」小栩也起身坐到石頭上，在逆光中渾身冒著蒸氣，「而且我不希望妹妹也消沉下去。」

「我覺得妳妹的情況跟我一個朋友有點像，但我也不能確定。」我想起薰。

「前女友？」

「妳怎麼知道？」

「因為你說到『一個朋友』的時候，表情非常溫柔。」小栩促狹地說：「聽說你曾經追她追到法國去，真浪漫。」

「一點也不，非常慘烈。」我忽然想起茶茶男孩曾說，只要帶著薰一起來爬山，就可以把她救回來，一時很想問小栩有沒有聽過夢渣這回事，但話到嘴邊還是忍住，只說：「她叫薰，最近忽然陷入某種奇怪的狀態，好像被一層膜包住似地，只活在自己的小空間裡，對外界失去反應，我很擔心她。」

小栩沒有說話，她用一種不尋常的眼神看著我，那並不是在介意另外一個女孩子的事情，而彷彿是明白某個秘密，但故意保守著不說。

第8章

月亮的鏡子

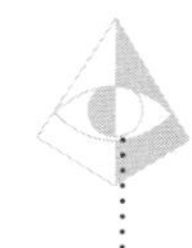

隔天早上八點，小栩租用的深藍色廂型車來旅館接我們，她的朋友阿鵬也搭這輛車來跟我們會合。

車子停妥時，我們先把登山背包放進後車廂。一個男生過來幫忙整理，應該就是阿鵬，還沒看到他的臉先看到一身破舊的衣褲，我心想這個厲害，一定是爬過無數大山的高手。

抬頭看見他側臉時我不禁愣了一下，覺得非常面熟。阿鵬一邊整理，對我點點頭說：「嗨！」我一聽到他的聲音，頓時醒悟：「你不是恩迪嗎？開車送我去Dream Cradle的那位。」

「恩迪這個名字只有上班的時候才用，朋友都叫我阿鵬。」

「這未免太巧了吧！」我看看阿鵬，他和上班時判若兩人，不僅衣裝破舊，一股精悍的山野氣息也取代了原本的拘謹斯文。

「你們認識啊？」小栩在一旁詢問，但臉上並沒有意外的樣子。

「我坐過他的車……」我還來不及多說，茶茶男孩忽然跳上放背包的空間，大聲嚷嚷：「我要坐這裡！」我把他抓下來：「你乾脆趴在車頂好了。」

南橫有幾個路段封閉施工，我們必須趕在放行時段通過，因此匆匆上路。阿鵬說他昨天幾乎整晚沒睡，一上車就打起盹來。車在山間左彎右繞，我抱著滿腹疑問卻無從問起。

廂型車鑽過雲霧區，窗外景致豁然開朗，我們浮出雲海之上，天空藍得沒有半點渣滓，一道道墨色的山稜猶如峽灣般伸入燦白的雲中。

一個多小時之後抵達向陽，一開車門就感到高山特有的乾淨涼意襲了過來。大家先到派出所辦妥入山，隨即將背包上肩開始前進。小栩想要在嘉明湖盡量待久一點，所以第一天跳過向陽山屋直攻嘉明湖避難山屋，並且連住兩晚，如此一來中間這天就可以從容在湖畔停留。

雖然最近為了成為夢者而勤加鍛鍊，體能還不錯，畢竟太久沒有負重登山，一開始髖部受到壓迫，略有些不舒服。慢慢走來，身體熱開之後倒也還好。我們踢了一個多小時林道抵達登山口，接著進入森林裡的登山步道，不時踩著樹根和岩角往上。阿鵬在前面開路，茶茶男孩緊跟在後，我稍微落開一點距離，小栩則在後面押隊。休息時我問茶茶男孩會不會累，他驕傲地說：「我早就跟你說我是山貓了！」

中午左右抵達向陽山屋，簡單吃過行動糧後繼續上路。下午兩點多走出森林，四周是開闊的箭竹草坡，也有低矮的圓柏等植物雜生，間或裸露著耀眼的灰白礫石。再往上到向陽山主稜上，這裡已是海拔三千五百公尺，遠望山巒褶皺，叢叢疊疊。最後大約在四點多抵達嘉明湖避難山屋，按管理員分配的位子下了背包。

五點日沒之後，四周迅速暗下來，氣溫接近零度，在溼寒的風裡體感溫度更低。山屋管理員阿怒是個布農族青年，他和小栩、阿鵬是老隊友，因此我們跑到管理員室圍著煤油暖爐吃晚餐，聽他講去年封山期間臺灣黑熊跑進這間屋子覓食不成大肆破壞的趣事，天花板的隔熱泡棉被抓破一大塊，隱隱看得出熊爪的痕跡。

大家聊得正開心時，茶茶男孩忽然從櫃子底下拖出一大塊銀亮的金屬，大聲問：「這是什麼？」

「飛機殘骸。」阿怒一邊扒著我們煮的大鍋麵一邊說，「這是別的管理員從墜機點拿回來的。」

「這是三叉山空難的殘骸？」我問。

「對。」阿怒含著整口麵條點頭。

我提起那塊跟吸塵器差不多大的不規則金屬塊，感覺沉甸甸的，上面有許多浮凸和溝槽，看不出來原本是飛機的哪個部分。空難發生在一九四五年，至今七十多年了，整塊金屬依然晶亮簇新，不愧是飛機使用的精純鋼鐵。我把殘骸放在煤油暖爐邊，兩相比較，暖爐看起來還比較像古董。

這個事件我以前在登山社聽人說過，知道大概，阿怒又補充了一些細節。那是日本戰敗投降後還不到一個月的事，一架載運獲救盟軍戰俘從沖繩飛往馬尼拉的B-24轟炸機，受到颱風影響墜毀在三叉山區，機上二十五人全數罹難。

五天後布農族獵人前往不祿不祿駐在所，告知在山上發現墜機殘骸，駐警隨即打電話向臺東廳報告，再由臺灣總督府告知美軍。美軍委請日方先行代為處理，於是關山郡立刻組成兩波共九十七名隊員的搜索隊上山，攜帶木材準備製作棺木安葬罹難者。然而這時又有一個颱風來襲，搜索隊在大風雨中倉促撤退，結果不幸有二十六人罹難。

我問阿怒：「墜機點在什麼地方，離嘉明湖很近嗎？」

阿怒說：「殘骸分布範圍很廣，機艙主體掉在新康橫斷，從嘉明湖過去還有六公里，其實有點距離。現場還有很多殘骸，周邊也看得到燒焦的痕跡。」

小栩說：「想想真是可憐，這些人在戰俘營裡過著地獄般的日子，好不容易熬到戰爭結束，卻在回家的路上遇到劫難，墜落在一座陌生小島的深山裡。」

阿怒說：「對我來說，令人關心的是墜機事件對布農族人造成什麼樣的衝擊。雖然當時族人多少受過現代教育，甚至被招待下山參觀過飛機、軍隊和工廠，但是很多人還是對這種在天上飛的金屬器具感到陌生。一架飛機墜毀在高山獵場，二十五人罹難，這是對獵場帶來不好影響的惡靈。當時族人們對此有什麼反應，採取什麼儀式或動作，都是我好奇的。」

我問：「說起來這是一個集體心靈事件了，有任何相關記錄或報導嗎？」

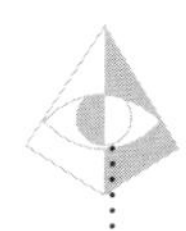

阿怒說：「戰後一片殘破，總督府等著交接遣返，又有三個颱風接連來襲，外界根本沒有餘裕注意這件事。到今天七十多年過去，經歷過那個事件的族人也大多凋零了，就算想要進行田野調查恐怕也不容易。」

阿怒接著從撿回殘骸的另一位管理員說起，聊到他們山隊的舊事，阿鵬和小栩跟著熱烈地討論，我就搭不上話了。

山屋八點熄燈，雖然管理員室仍亮著，我們依然陸續收好餐具準備就寢。我在睡袋裡輾轉難眠，一開始覺得是橡膠床墊太硬，即便我自備了充氣睡墊還是怎麼躺都不舒服。後來想大概是因為太久沒爬山，又一下子上升到三千五百公尺，所以身體不太適應吧。茶茶男孩倒是很快打起呼嚕呼嚕的鼾聲，一點影響也沒有。

這時很自然想起每天睡前吃的佐夢眠，我背包裡就有一盒加強型的，但說也奇怪，在登山的情境中一點也不想吃。同時我也把iDream 4的行動建議功能關掉，畢竟山上網路不通，和日常世界澈底隔絕，心情變得很不一樣。

整個晚上我一直翻來覆去，有三次快要睡著時察覺呼吸中止而忽然驚醒，不知過了多久才朦朦朧朧放鬆下來，但也不知有沒有睡著。

我們隔天早上天亮之後出發，氣溫很快上升，走起來很舒暢。一路沒有困難地形，只略略上下幾個山頭。九點半左右爬上三叉山頂，這是一個饅頭狀的平緩箭竹草原山頂，往北順著中央山脈主脊可以看見南雙頭山。

下了山頂往南走，坡面陡然折下，現出下方一汪湛藍的湖水，正是嘉明湖。最近十多年來，嘉明湖以「天使的眼淚」這個唯美風格的稱號聞名，因此光看照片會以為是一小片秀麗水塘，然而實際在現場一看，大有高山上的開闊氣象。嘉明湖坐落在四、五十公尺深的巨大窪地裡，湖面週長四百公尺，比想像的大很多。天氣大好，阿鵬說他一年四季都來過，今天看起來最美。

風勢甚大，湖面波紋疾速閃動。茶茶男孩興奮地說：「好像水裡有很多魚在逃命喔！」我說：「你趕快去看看有沒有魚？」他便一蹦一蹦地下去了。我從高處下到湖邊花了二十分鐘，小栩已經在幾塊岩石間拉了一張外帳遮蔭，取水煮起薑茶來。我悠哉地繞著湖畔走一圈，回來時茶已經煮好，我邊捧著鋼杯啜飲，邊環顧四周說：「這裡好像在一個大海碗底下，感覺能夠匯聚氣場或能量似地。」

阿鵬說：「嘉明湖的形勢確實很特別，所以傳聞或鬼故事很多。早先有學者推測這是一個隕石坑，就有人穿鑿附會，說底下的隕石帶有特殊磁場，形成一個小百慕達三角，才引起三叉山空難。不過後來研究證實這是一個冰磧湖，根本沒有什麼神祕力量。」

「以前湖畔可以露營，我爸帶我們姊妹來這裡過夜，晚上他就故意講這些事情嚇我

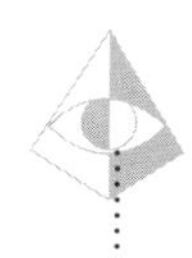

們。」小栩露出童稚的神情，「那天是滿月，我爸還在深夜把我們叫起來，看湖面的月亮倒影。」

「那一定很美吧。」我無限嚮往。

「冷死了！」小栩齜牙咧嘴，彷彿那時的寒意還停留在身上，「我跟妹妹超不情願的，花老半天把所有能保暖的東西都穿戴上，才一鑽出帳篷就想躲回去。其他帳篷根本就沒人出來看，只有我們笨得要命，頂著零度以下的寒風爬上山坡欣賞。結果我們沒看多久就連滾帶爬逃回帳篷裡。」她抽了一口氣，屏息說：「不過那真的很美，不只是景色美，而是一種特別的氣氛。看過那樣的月亮，我才明白為什麼原始部族的人會認為月亮是有魔力的。相較之下，平常在都市裡看到的月亮根本就像被關在籠子裡的動物，一點精神也沒有。鑽回帳篷前，我抬頭又看了一眼，那一瞬間，我確實被施了某種魔法，一輩子都不會忘記。」

阿鵬說：「布農族人把嘉明湖稱為『月亮的鏡子』，這才是她最美也最貼切的稱號。」

我問：「那『嘉明湖』這個名稱又是怎麼來的？」

阿鵬沒好氣說：「據說是戰後政府第一次測繪地圖，兩個測量官的名字裡面一個有『嘉』、一個有『明』，就湊起來當作湖名。」

「真煞風景，把自己的名字冠在自然景觀上，也太霸道了一點。」我說。

小栩說：「現在為了保護環境禁止露營，一般登山隊都只到湖邊停留一下就趕回山屋，很少人像我們這樣待上大半天。不過我很懷念這裡，所以才安排待久一點。」

我開玩笑說：「很好啊，如果能待到月亮出來就好了。」

「那沒辦法，晚上趕回山屋太危險了。」小栩平靜地說。

「你騙人，水裡面根本沒有魚，害我找了那麼久！」茶茶男孩忽然跑過來大叫，大家聽了都笑，小栩拿出一包小魚餅乾給茶茶男孩，他立刻有滋有味地吃了起來，嚼得喀喀有聲。一會兒又拿出我的手機，再三確認沒有訊號之後才還給我。

我調侃他：「你到這麼漂亮的地方還想玩遊戲啊？」

「才不是，我只是要確定我們是安全的。」

「怎麼確定？」

「確定沒有訊號啊。」茶茶男孩理直氣壯地說。

「搞不懂到底在講什麼。」我懶得再理他。

太陽逐漸高升，空氣也變得暖活。我昨晚幾乎沒睡，遂把連衣帽拉下蓋住眼睛，躺在箭竹草叢上舒服地睡了一覺。醒來之後到處晃晃悠悠，看著湖面的波紋發呆，倒也不無聊。

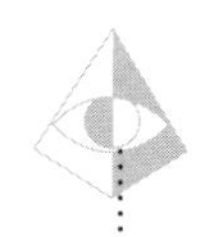

中午過後陸續來了幾支隊伍，池畔頓時熱鬧起來。我們下午兩點半離開，在天黑前返回嘉明湖避難山屋。

●

當晚我們照舊在管理員室吃晚餐，八點就寢，準備隔天早上四點半出發下山。

在山上都會多燒開水、煮湯和泡茶，確保大家攝取充足的水分，然而這也表示晚上必須爬起來上好幾次廁所。今天我身心放鬆許多，一躺下就睡著，但半夜裡果然就被澎湃的尿意喚醒。我穿好外套爬出睡袋，打開頭燈照亮通鋪間的走道，順便瞥了一眼手錶，是晚上十一點四十七分。

我放輕腳步，小心不發出聲音地拉開大門，霎時感到屋外瀰漫著異樣的氣息。我走到山屋旁的空地上，如同走入夢幻之中。滿月高懸中天，散落滿山銀輝。看似極亮，其實光度很弱。所有的東西都敷著一層薄薄的微光，幾乎沒有色彩，一切近於黑白。同時反差極大，所有的東西影子都很深。我彷彿誤闖進一段微微發光的遠年回憶中，想伸手觸摸卻又不忍不敢。

四下一片靜寂，原本山友們此起彼落的鼾息、咳嗽，還有在山屋四周覓食騷動的黃鼠狼和水鹿，這時都澈底銷聲匿跡。

我抬頭看著盈滿的月亮，靜靜體會這一切。這樣的幻境卻不容久觀，才稍微站一會兒，零度以下的潮溼寒氣便已滲入肌理。我原地蹦跳幾下之後快步走到廁所，一邊發抖一邊撒了一泡超長的尿，心下嘀咕這尿量未免也太多了吧，很冷耶。好容易尿完，在空地上意猶未盡地多看兩眼月色，還是只得趕緊跑進山屋裡。

接下來的事情，我分不清是夢還是真實，說不定從我起身如廁那一刻開始就已經是夢境——當我回到床位前面時，小栩、阿鵬和茶茶男孩都已經穿戴好全副裝備，雙手握著登山杖準備出發。我看看手錶，此刻是十一點四十七分，離啟程下山的時間還早啊。但我隨即意識到手錶停了，剛才去上廁所時就已經指著這個時間，中間都沒走。

我心想原來如此，忽然察覺自己還沒打包，拖到隊伍時間，頓時緊張起來，然而往床邊一看，我的登山包卻已經打好在那裡，睡袋、睡墊什麼的全都收好了。我趕緊把背包上肩，抓著登山杖跟隨隊友移動。奇怪的是隊伍出門後並不是左轉下山，而是右轉往嘉明湖方向前進。

飽滿的月光照亮整片山巒，我們在黑白的天地間行走，一瞬間就已經抵達嘉明湖，循著陡坡而下。沒有風，草木凝止不動，每一株箭竹都陷在深沉的睡眠之中。

走到斜坡中段時，領頭的小栩忽然停步，我凝神一看，不由得深吸一口氣，整個神

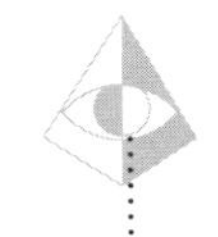

魂都被定住了。湖面猶如一塊拋光完美的黑晶磐石，映照著白玉般的滿月。奇特的是水中影像看起來竟然更具體、更真實。人說鏡花水月，通常是指夢幻空想，但在這裡觀望得越久，我卻越願意相信水面下是一個可以進入的、更美好的世界。

我心念一動，舉起手來看——這是驗證夢境的方法，在夢中手掌會變形，可能是長出六根手指，或者整個影像重疊扭曲。但我的手非常正常，仍是五根手指，前後翻看都沒有任何異狀。

「十九年前的今天，就是這個時刻，我爸帶著我和妹妹出來看月亮。」小栩從外套口袋取出一條綴著心形水晶的項鍊，那是小真的水晶。我記得小栩說，小真六歲第一次上臺表演前，她和爸爸一起挑選了這條項鍊送給妹妹，後來小真就當成幸運符戴在身上，直到最後一場演奏會之後才摘下來送給小栩當作紀念。

我們繼續下到湖邊，小栩一直走到水畔，低頭看著平靜的湖水，像是在照鏡子。這時我心口有個東西熱了起來，我意識到那是薰的玉佩，這一路都放在上衣口袋裡。於是我拉開外套拉鍊取出一看，蟬形玉佩在月光下泛著溫潤的柔和色彩，似有生命。霎時之間四周毫無預兆地猛然吹起勁直的強風，好像時間從暫停狀態忽然恢復正常。滿山箭竹叢不斷搖擺，湖面波紋急速閃動，把倒映的月影化為大把撒落的琉璃屑。

湖對面有道微弱的亮光一閃，接著又出現兩道上下亂晃的亮光，仔細一看，那是三個人影從一頂帳篷中鑽了出來，亮光是他們的頭燈。那三個人繞著湖畔走了過來，在月光下形貌逐漸清晰，是一個男人帶著兩個小女孩。

小栩迎向對方，腳步竟有些踉蹌，呼吸也急促起來。我們緊跟著前進，很快和對方相遇。

「嗨。」男人舉起手打招呼。

「嗨。」小栩的聲音有些顫抖。

「很冷齁。」男人雙手抱著肩膀笑道，「可是很值得吧。我兩個女兒都不想離開帳篷，我硬把她們拖出來，這麼美的景色，她們會記得一輩子。」

男人穿著樣式非常老派的深色厚棉布外套（月光下一切色彩都已消失，看不出原本的顏色），衣領拉到鼻子上，厚毛帽下只露出玳瑁紋的賽璐珞眼鏡，底下的一對眼睛溫和而篤定，予人好感。

他關掉燈泡式的微弱頭燈，拉著兩個女孩指點起湖水和月光。女孩們包成肉粽一般，卻依然不住瑟縮發抖，沒有什麼欣賞風景的興致。

我看著小栩，她表情複雜地看著父女三人。阿鵬拍拍她的肩膀：「時間不多，快去吧。」

小栩像是下定決心，走到較小的女孩旁邊，伸出手掌讓她看那條水晶項鍊。小女孩

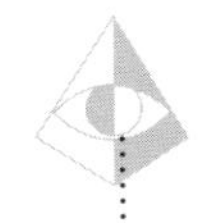

驚呼：「我也有一條一模一樣的項鍊！」她艱難地依序拉開外套和襯衫領子，脫掉手套把脖子上的項鍊解下來，那是一條跟小栩手中一模一樣的鍊子。

男人和另一個女孩也圍上來：「真的耶，兩條項鍊一模一樣。」

「不一樣！」茶茶男孩大聲說，「一顆愛心比較亮，另外一顆比較暗！」

眾人仔細一看，小女孩的心形水晶在月色下發出活潑的光芒，溫柔流轉，彷彿棲居著一個美麗的靈魂。相較之下，小栩手上的水晶雖然也折射著亮光，但銳利生硬，純粹只是物理性的光線，心形深處甚至像是壅塞著一團死氣沉沉的黑霧。

「妳可不可以幫我拿一下這條項鍊。」小栩把項鍊遞給小女孩，聲音竟有些哽咽，「請妳幫我祝福這條項鍊的主人。」

小女孩回頭看了一眼男人，男人鼓勵地點點頭，於是小女孩取過小栩手中的項鍊握在掌心，閉上眼睛喃喃祝禱。

然而這時一陣寒風吹來，小女孩臉孔一皺，「阿嚏，阿嚏！」打了兩個噴嚏。四周倏然暗下來，好像一塊厚布罩住整個窪地，我們抬頭一看，不知哪來的烏雲澈底遮蔽了月亮，連一點星光也不剩。奇怪的是，眾人的頭燈也都在同時熄滅。

眼前伸手不見五指，除了呼呼的風聲之外沒有其他聲響，但我感覺到有什麼不對勁。就在這時，一個奇怪的聲音從遠處的天邊傳來，逐漸朝我們接近。起初像是蜜蜂嗯嗯振翅，但緊接著轉為厚重的嗡隆嗚響。我瞪大眼睛張望，但夜色實在太黑，什麼也看不見，寒風也吹得眼睛很不舒服。直到聲音忽然放大，才看到一個巨大的影子已在我們頭上，那是一架四發動機的螺旋槳飛機，附有一對顯眼的H型垂直尾翼。

那飛機的影子忽然「劈啪！」爆響，從機艙中後段撕裂開來，前半截猛然下墜，機尾和兩道垂直尾翼則繼續往前疾飛。兩截機身瞬間消失在坡頂視線之外，但緊接著山後強光一閃，並傳來轟然巨響。

「嘩啦！」天上忽然下起瀑布般的暴雨，猶如無數冰錐擊打在身上。我的外套雖然有Gore-Tex防水層，但表層布料瞬間吸飽雨水，又重又冰，使我凍澈骨髓。一切變化來得太快，令人完全無法思考。我看不見任何一位隊友，急著大喊：「茶茶！小栩！」但聲音完全被暴雨掩蓋，連我自己都只能感覺到顱腔的震動，聽不見半點喊聲。

四面八方發出淙淙水聲，而且越來越大，我頓時醒悟那是沖激而下的湍急水流，自己正置身於一個巨大的碗狀瀑布底下，處境就跟一隻站在馬桶水窪邊的螞蟻沒有兩樣，隨時都有可能被沖進湖裡。一股強烈的恐懼感襲上心頭，驅使我匆忙舉步往上爬，卻在黑暗中踩到水流滑了一跤往前趴倒。

這時一個發亮的小動物衝到我眼前，竟是胖貓茶茶，牠渾身溼透，卻一點都不狼狽，甚至煥發著奇異的幽光。胖貓茶茶喵嗚大叫，我知道牠在說：「絕對不能被沖下

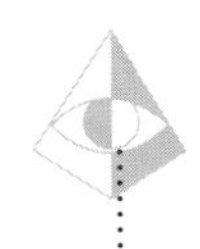

去，掉進湖裡的話就再也出不來了！」我嘶吼著問：「小栩呢？」胖貓茶茶沒有理會，開始一蹦一蹦地踩著箭竹叢的根部跳躍。我仔細看著牠的落點，撐著登山杖手腳並用拚死往上爬。

在高山上行動原本就很費勁，狂風暴雨中體力流失得更快。我不知爬了多久，張大嘴巴猛烈喘氣，正感到精疲力盡，一瞬間天地間忽然重現光明。回頭一看，月亮從一小塊雲洞裡露出臉來，照亮整個湖坳。暴雨依舊下著，湖面上升不少，但我顯然已經脫離危險地帶了。

奇妙的是，映著月色的湖水充滿溫馨。我知道就算進去那裡面也是件很好的事，那不是包裹著魅惑的邪惡，它並不意圖傷害你，只是單純存在那裡。

我忽然看到小栩還在水邊，似乎被什麼東西纏住了般難以掙脫，而水面持續緩緩上升，眼看就要將她吞噬。我不顧一切往回衝，連滾帶滑下到小栩身邊，她抬頭看見我，充滿信任地伸出手來，我一把抓住，把她死命往上拉。

月光一閃而逝，四周再次陷入黑暗，我也在瞬間失去所有感官知覺，只剩下牢牢抓著小栩的觸感。

醒來時四周一片漆黑，我滿身大汗，心臟發出巨大的聲音奮力跳動，雙手緊緊握著。我花了好一會兒才確認自己躺在山屋的通鋪上，聽著山友們此起彼落的鼾聲，心情慢慢穩定下來。

我坐起身子把羽絨背心脫掉，摸索到棉布頭巾，盡可能把身上的汗水擦乾。在睡袋裡打開頭燈照一下手錶，時間是三點二十分，距離預定起床的時間只剩十分鐘。旁邊傳來茶茶男孩呼嚕呼嚕熟睡的聲音，我忍不住摀著頭燈用邊緣的溢光照了一下，確認茶茶男孩、小栩和阿鵬都在，頓時大感安心，然後一躺下來就再次陷入昏睡。

睡眠中手機震動起來，那是預設的鬧鐘，我意識矇矓地隨手關掉。不知過了多久，有人輕輕搖我，低聲說：「起來吃早餐。」我埋頭「唔唔」敷衍，只想繼續再睡。那人加大搖晃的力道，說：「快到出發時間了，你不吃東西我沒辦法收鍋子。」我認出這是小栩的聲音，一時驚坐起來，看看手錶發現已經四點半，雙手摀著頭深呼吸兩下，趕緊穿衣穿鞋，到管理員室匆匆吃了早餐、裝好熱水。

回到鋪位時，阿鵬和茶茶男孩都已經打好背包，小栩的睡袋和睡墊也先捲好放在一旁。其他隊伍的山友們陸續起身，整個山屋都是窸窸窣窣收睡袋的聲音，頭燈光影到處亂晃。我急急忙忙開始收拾，但欲速則不達，反而比平常還慢，小栩都已經拿回鍋子爐

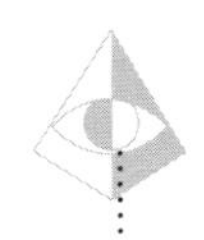

具打包完整個背包，我還在和裝備搏鬥。好不容易打包完成，本想放棄如廁直接出發，但肚子卻又很不舒服，只好跟大家抱歉，趕緊跑去解放一番，等到我終於可以上路時已經五點十分。

大家都在等我出發，這不就和半夜的怪夢一樣了嗎？幸好隊友們都沒有不耐的表情，連茶茶男孩都反常地安靜等候，一臉累壞了的樣子。

隊伍離開山屋往西前進，我不自覺抬頭看了一眼，黃銅色的月亮剛好掛在山稜邊，非常疲憊似地緩緩下沉。屋外氣溫零下一度，但稍微走一小段路之後就不覺得寒冷。大家都沒有交談，默默埋頭行走。

不久之後天邊開始有些動靜，原本深沉的黑暗中出現了某種暗示，那逐漸變成一抹紅意，又變成一條暖橙色的光帶，黝黑的天幕下緣也轉為透澈的寶藍色，微白晨曦接著亮起。走到向陽山登山口時，天空忽然像打開開關似地轉為一片柔亮，於是我們下了背包等候日出。

灰黝黝的雲海鋪展直到到天際，上面浮著一層薄紗般的靄氣，暖黃的朝陽就在薄紗遮掩下溫柔地探出頭來。今日天氣乾冷，朝霞平淡。即便如此，旭日初升的十幾二十分鐘內，蒼綠的箭竹草原被陽光曬得一片橙紅，彷彿從凍眠中重獲生命，卻又不忍醒得太快，綿綿緩緩地珍惜著每一剎那的光陰。一座座龐大的山塊就這樣甦醒，而光線迅速轉為透亮，遠處群山深谷也都逐漸露出形貌，淡影層疊，氣象悠遠。

我們每個人都被染成玫瑰色，心裡的某一塊冰層默默融解。只有茶茶男孩沒有什麼情緒，懶洋洋地打了一個呵欠之後，安心地靠坐在登山包上瞇起眼打盹。

「對不起，昨天害大家置身險境。」小栩忽然說。

阿鵬說：「夢的核心本來就是一個黑洞，想靠近就必須冒險，還好大家都平安回來了。」

「所以不是只有我做了那個奇怪的夢，而是我們一起進入同樣的夢境？」我大概有幾分明白，但還是得確認一下：「我夢到我們在午夜跑到嘉明湖，跟一個男人和他的兩個女兒一起賞月，可是忽然間發生墜機事件，又下起暴雨，差點把大家都沖進湖裡去。」

「是的。」小栩點點頭。

「他們就是十九年前的妳父親和妳們姊妹？」

「對，我進入這個夢就是為了請當年的妹妹給予祝福，幫助現在的小真。沒想到夢的阻抗太過強大，用墜機和暴雨來驅趕我們。」小栩遺憾中不失堅定地說，「只是對你比較抱歉，因為你的適夢性很高，一起加入的話可以提高進入夢核心的機率。」

「如果能對妳們有幫助，我很樂意參與，但可以事前跟我說啊。」

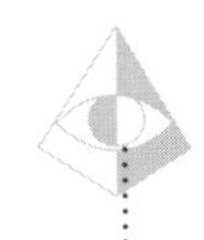

「我請阿鵬查過DreamEyes的分析資料，你是一個很容易受到暗示的人，所以我們決定不要先告訴你，以免過多雜念產生變數。」她慎重地向我道歉，「請原諒我的任性。」

「那是無所謂，只可惜沒有成功。下起暴雨時的確很危險，我覺得自己就快要被沖進湖裡去了，幸好我的貓跑出來帶路，我才能離開湖底。」說到這裡時，正在打盹的茶男孩伸了個大懶腰，誇張地打起呵欠。我繼續說道：「其實我覺得它沒有惡意，湖水甚至給我非常平靜的感覺，好像進去也沒關係。」

「它沒有惡意，但也沒有善意，夢並不仁慈。雖然進去那裡面未必是壞事，但從這個世界的角度來看，進去的人也就失去了生命。」阿鵬頓了一頓，看著我說：「不過也只有盡量靠近夢的核心，才有解救夢渣的機會。」

「所以真的有夢渣。」我心情非常複雜，「這麼說來，我的朋友，甚至我自己都是夢渣了。那要怎樣才能解救呢？」

「多數人變成夢渣之後是無法恢復的，只能渾渾噩噩度完餘生。不過有少數人能進入夢的核心，把自己帶回來。」阿鵬指指我的頭，「夢的核心埋藏在每個人的意識深處，沒有一定的找尋方法，通常會在夢裡得到暗示，通過一連串解夢的過程逐漸接近，最後才有機會進去。但也有人一輩子在各種夢境的迷宮裡打轉，找不到通往核心的路。」

小栩說：「你應該猜得到，我也曾加入過DreamEyes，想幫我妹完成出國學琴的夢想，甚至解決我爸的債務。起初一切看起來都很順利，等發現不對勁的時候身心都已經受傷了。幸好有人教我解夢，我才一步步找到核心，並且算好時間上山來入夢。」

我對阿鵬說：「如果是這樣，你一開始警告我們不就好了。」

「沉溺在美夢中的人是叫不醒的。」阿鵬說，「而且我有任務，不能隨便暴露身分。」

我點點頭，追問道：「我不懂的是，為什麼我們可以一起進入小栩的夢核心，如果我要解救一個變成夢渣的朋友，又該怎麼進入她的夢？」

阿鵬說：「所有人的夢核心都是相通的，我們都有機會進入彼此的夢境。」

「你怎麼會知道這種事？」

「因為我就是一個從夢渣恢復過來的人。」阿鵬篤定地說，「有個叫做S的人在我徹底夢渣化之前教我脫困的辦法，我也及時進入核心找到自己。」

「他是誰？」

「他專門救援夢渣，還建立了一個隱密的空間讓夢渣們有地方可以安頓，互相幫助，尋找恢復的方法。我們戲稱那個地方是秘密基地。」

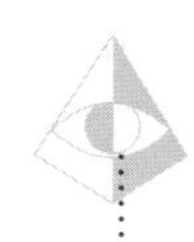

我頓時想起李麥克，莫費思指控他聚集流浪漢組成暴力集團，說不定指的就是這個秘密基地。

阿鵬又說：「我們當然希望能阻止DreamEyes這個邪惡的集團，但他們的經營方式一切合法，目前又沒有科學研究證明夢境擷取對人體的危害，他們甚至贊助很多研究機構提出對他們有利的報告，所以從體制內是無法抵抗的。」

我恍然大悟：「所以你跑去當司機是為了臥底？」

「我假裝成輕度的夢渣，消除他們的戒心，在那裡一邊工作一邊觀察他們的動靜。」阿鵬站起身將背包上肩，「先走吧，停太久身體都冷掉了。」

我們下到向陽大崩壁時，手機恢復訊號，小栩打電話給租車行請他們上山來接。我把手機打開，它隨即接連不斷「乒蹦！乒蹦！」發出各種訊息通知，提醒我錯失的來電和簡訊。

說也奇怪，從這裡起我就斷斷續續開始覺得頭痛，越接近向陽工作站越不舒服，還一度輕微暈眩發作，不得不暫時停下腳步。「我的症狀好像跟手機一起開機了。」我開玩笑說。

「一點也沒錯。」小栩理所當然說，「你已經回到網路監控之下，會不舒服是正常的。」

「莫非DreamEyes在我大腦裡植入了晶片？」

「那倒不需要。」阿鵬說，「你參加過自我優化課程，又吃了不少佐夢眠，那些都會改變你的腦部運作方式，讓iDream更容易掃描你的腦波，甚至反過來影響你的思考。」

「這麼邪惡。」我舉起手腕端詳起iDream 4。

「你才知道。」小栩不容置疑地說，「不要戴iDream，也不要用手機上網。」

我把iDream 4摘下，頓時好像也把腦袋裡的頭痛開關切掉似地，整個人輕鬆不少。

「我早就跟你說了，誰叫你不聽。」茶茶男孩一把將iDream 4搶去，在一塊石頭上砸爛。

我訝異之餘說：「這些玩意兒真的很可怕。」

阿鵬說：「Dreamsphere最早是美軍在阿富汗拷問戰俘研發的設備，用侵入性手法把人的意識硬生生拔取出來，非常霸道，會留下深刻的精神傷害。美軍實際使用之後發現人的雜念和妄想太多，擷取出來的情報往往並不準確，因此放棄了軍事用途。但這個技術卻流了出來，變成商用產品。」

我聽得毛骨悚然：「怪不得大家都變成夢渣，真是名符其實的把人腦榨乾。」

小栩說：「他們不但壓榨你的夢、引誘你成為消費者，還高價賣你優化課程和佐夢

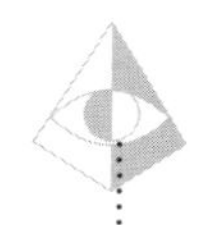

眠這些藥物。」

「把自己賣掉還幫別人數鈔票，說的就是這麼回事。」我嘆了口氣，「但是這種誘惑有誰抗拒得了？一開始我還以為找到一條出路，可以脫離窒息絕望的現實生活，去過充滿創造性的人生，沒想到卻是把靈魂變成有錢人的消費品，像柳丁一樣被榨完就丟。」

「不只如此，你知道一顆夢膠囊可以讀出多少訊息嗎？」阿鵬冷酷地說，「擷取夢境時，你腦中各種想法也一併被側錄了，DreamEyes的主機裡有每個夢者的心智圖像，賣的夢越多，圖像越精準詳細。這些都匯集成大數據，成為他們控制人群的手段。」

我想起薰和學長的樣子，更不知道自己會變成怎樣，心情好像忽然墜入深淵，又充滿憤怒。霎時暈眩急遽發作，身體一倒，眼看就要滾下陡坡，事情發生得太快，小栩和阿鵬都來不及反應，茶茶男孩卻彷彿早就預料到了似地先一步站在斜坡邊死命撐住我。

「你的狀況開始惡化了。」阿鵬扶著讓我躺下休息，像老經驗的流浪動物救護員，悲憫而冷靜地說：「我帶你去秘密基地吧，或許可以提供你一些幫助。」

第9章

把自己的夢討回來

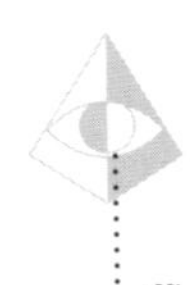

我們在十點半抵達向陽工作站坐車，十二點半下山到池上吃午飯，然後搭火車回臺北。

抵達臺北時已經入夜，阿鵬領著我們穿過複雜的車站地下街，從熱鬧的主要路段走到一處冷清的角落。我以前就覺得這裡像是一座迷宮，這個路段沒來過，感覺更是陌生。整排都是陳設簡單、賣一些無趣小物的店家，購物人潮稀疏，間或有幾個迷路誤闖的觀光客，最多的是坐在走道邊長椅上的閒人。大家都在滑手機，無聊的店員滑，翹掉補習課的制服學生滑，閒人大叔滑，連流浪漢也人手一機。

我們四個背著大包的登山客一路走著，都沒有人多看一眼。阿鵬走到地下街盡頭的公共廁所，順手推開旁邊一道不起眼的小門，神色自若地走了進去，我們從容跟上。

與明亮的地下街一門之隔，裡面是幽暗的水泥素面通道，阿鵬熟門熟路地帶我們走下樓梯，在一道門邊側耳傾聽，等一班捷運列車轟隆轟隆通過之後就推門進去，裡面竟是捷運隧道。我不知坐過多少趟捷運，走進隧道還是頭一遭，耳邊充滿嗡嗡嗡的氣流噪音，一圈又一圈的襯砌環片被逃生指示燈照得幽幽綠綠，比想像中的壯觀，卻也有幾分詭異。這條每天運送兩百萬人次在地底下快速移動的都會大動脈，平常都是坐在車廂裡通過，置身其中原來是這樣的感覺，單調、空洞、冷漠，望不見盡頭，也無法察知地面上相應的風景。

阿鵬領著我們從軌道旁的逃生通路快步走到另一個出口，進去之後又是一連串上下樓梯，越走越陰暗，充滿汙濁沉悶的空氣，有些地方牆上還長出壁癌。

他推開最後一道門，裡面別有天地，乍看有些擁擠，但由各種邊桌、書櫃、矮几和沙發布置成一塊塊舒適自在的小空間，聲息互通又不相干擾。最大的一面牆上貼著一張從淡水憑河眺望觀音山的巨幅照片，幾乎是原寸視覺再現。角落種了一些綠色植物，空氣也異常清爽。

我感覺十分舒暢，問道：「這是什麼地方？」

阿鵬說：「這裡是站前百貨公司的地下五樓，早先是警衛和清潔人員的休息室，後來保全跟清潔都外包給物業公司，這裡短暫做為倉庫，後來閒置不用，就被我們拿來改成基地。」

「百貨公司的人都不會發現嗎？」

「管理階層的人永遠不會來這種地方。何況我們已經把原本朝停車場開的門封掉，從外面一點都看不出來，現在的門是從逃生通道新開的。」

「我原本以為秘密基地是一個亂七八糟的地方，大家身上背著衝鋒槍，地上擺滿炸藥和武器，角落還有一個綁架來的德軍軍官，就像孟克《Underground》的封面上畫的一樣。」我打趣說。

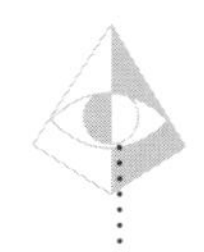

「鋼琴倒真的有一架，誰都可以彈。」阿鵬淺淺一笑，「我們並不是什麼反抗軍，這裡只是一個聚會所，讓大家安心休息、睡覺、做夢、解夢，彼此互助。」他說基地有來自各領域的人才，幫忙改善空調和照明系統，讓植物能夠茂盛生長並且淨化空氣。而這樣的基地在市區內有好幾處，各自提供打坐、瑜珈或讀書會等不同的活動。

我們往前走，人們在各自的小空間安靜看書、聽音樂、打坐或睡覺，大家臉上都帶著夢渣特有的淡漠神情，看到我們只輕輕點點頭致意。我們把背包放在角落，荼荼男孩相中一個「懶骨頭」軟沙發，輕巧地跳上去窩著打起盹來。

小栩說：「這是大家的躲避空間，說來諷刺，唯一的優點只是沒有手機訊號而已。現在在都市裡要找一個沒訊號的休息處所何其困難，就算是山上還是海邊大多也已經遭到覆蓋，除非是人跡罕至的深山裡面，但大家平常還是要工作或生活，也無法每天爬到高山上去。」

我看著安心休息的人們，想起以前去過的一家書店，那家店以貓的庇護所聞名，隨時留一道門縫讓貓自由出入，提供食物和飲水，還有最重要的——不用擔心遭到人類傷害的休息空間。店裡隨時都有貓在睡覺，可能趴在書堆上，甚至大刺刺佔領咖啡桌面，主要還是集中在櫃臺旁的貓窩，那是客人的禁區，只容貓咪們安然沉睡。

有人說當貓咪安心睡覺的時候，應該不會發生特別壞的事情吧，那家書店確實總是給人這樣的感覺。這秘密基地也有類似的氣氛，只是安心睡覺的從貓換成了人。

我問：「這裡的每個人都是夢者？」

「每一個人都是夢渣，至少曾經是。」阿鵬淡然說，「我們彼此互稱『渣友』。」

「有些人看起來不太像。」

阿鵬解釋說：「夢渣的型態沒有一定，共通的症狀是冷漠麻木，伴隨輕重不等的失眠、頭痛或暈眩等症狀，嚴重的話則有可能會變得極度退縮、沮喪或精神解離。少數人會被醫生診斷為憂鬱症或思覺失調，但由於夢渣狀態和醫學上的精神疾病定義不盡相同，很多時候也會被醫師判定為沒病，甚至被旁人懷疑是裝病。」

「我朋友就是這樣。」我鄭重地向他請求，「你可以教我解救的方法嗎，除了自我解救之外，還有幫朋友解救。」

阿鵬說：「我帶你去見S哥，他會告訴你詳細的方法。」

「等一下。」小栩說，「我幫他沖一壺咖啡。」

「對了，他最喜歡妳沖的咖啡，幾天沒喝到應該很饞了。」阿鵬笑說。

小栩走進吧檯磨豆沖起咖啡，她的手法很專業，採用河野式涓滴手沖法，持壺如同巖石般穩定，水滴就像順著青嫩葉子流下的泉水，光在旁邊看都覺得賞心悅目。沖好之後，她用一個盤子托著咖啡壺和四個杯子往房間深處走，示意我跟上。

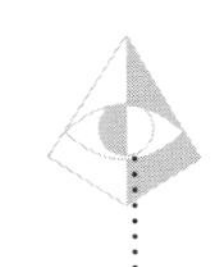

最裡面有一個小空間，光線較為幽暗，顯得格外安靜。一個男人側身坐在橄欖綠色的布面沙發上，小栩端起一杯咖啡放在那人手上，說：「S哥，我幫你沖了咖啡。」

那人眼睛直視前方，把咖啡端到鼻子底下聞了聞，看他的動作有點像是盲人。他輕輕啜了一口說：「巴拿馬的日曬豆，沖得很漂亮，是小栩吧。嘉明湖之行順利嗎？」

「見到了想見的人，也進行了祝福。」小栩平靜地說，「可惜功虧一簣，最後發生強大的阻抗，所以沒有療癒完成。」

「妳看見湖面上的自己了嗎？」

「看見了。」

「那很好。沒有能夠完全療癒是很可惜，就學習和這樣的自己相處，等待將來的機會吧。」那人轉過頭來，我終於看清楚他的樣貌。

「阿森學長！」我驚呼出聲，原本以為S是李麥克，沒想到卻竟然是學長。

「你是哪一位？」阿森學長看向我，目光快速地在我全身上下移動辨識，顯然沒有失明，但卻像是一架掃描機，眼神中毫無感情。

「學長不認得我嗎？」我心想他該不會失憶了吧。

「原來是你啊，學弟。」阿森學長側耳對著我，似乎是從聲音認出我來。他溫暖地一笑，和我如同往常般用力握手。

「學長看不見嗎？」我小心地問。

「眼睛視力沒有損失，但大腦的視覺功能損壞了。」學長舉起咖啡杯，「譬如這個杯子，對我來說，它是中間一團棕色、外面包著一團白色的塊狀物體。我只能看見線條、幾何形狀和色塊。我也只能看見你五官個別的特徵，但是無法把他們組合成一張臉孔，無法辨識你是誰。」

「我不太理解。」

「簡單來說，現在我眼中看到的所有東西都跟抽象畫一樣。」

「這也是夢渣症狀的一種？」

「是，也不是。我的情況比較複雜。」學長準確地把咖啡杯放到桌上，「我可以準確判斷物體的位置和距離，但不知道它們是什麼東西，必須從氣味和觸感來推斷。這個小房間內所有物品都按固定位置擺放，我憑記憶知道前面是張小桌，但如果到外面去就完全無法辨認了。在我眼中，這個世界是破碎的。」

我關切地說：「學長不是懂得療癒的辦法，應該可以自救吧。」

「我確實曾經治好自己，但這次是為了尋找幫助渣友們的方法，冒險進行錯誤的嘗試才造成這樣的傷害。事實上不只是視覺，最近我的聽覺辨識功能也開始混亂，漸漸分不出音質和語調。」學長用銳利而冰冷的眼神看著我，「或許有一天，我會被封閉在只

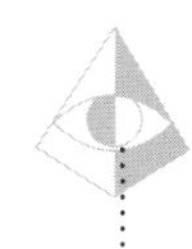

剩下破碎影像和片段聲響的世界裡，再也無法和外面溝通。」

我聽得不寒而慄，心中有無數疑問卻不知從何問起，霎時間一陣暈眩襲來，而且伴隨強烈的頭痛，重重摔倒在地上，難過得呻吟起來。

「他重度發作了。」阿鵬急道。

「讓他吃個膠囊吧。」學長說。

阿鵬很快取來橄欖球帽式的Dreamsphere Origin熟練地幫我套上，這和李麥克手上那頂一樣。小栩則拿來一顆紅白色的膠囊讓我吞下，機器隨即開始運作，我很快安定下來，沉沉進入睡眠，並且做了一個夢。那個夢其實挺無趣的，但做完之後不適的症狀緩解不少，只剩下一點點頭痛。

「我好多了。」我醒來之後掙扎著坐起。

學長意味深長地說：「說來可悲，人們把自己的夢賣掉，卻必須靠消費別人的夢才能活下去。」

「這是誰的夢？」

阿鵬說：「這是DreamEyes淘汰下來的次級品，本來應該銷毀，被我偷來救急。不過最近DreamEyes管理變得很嚴密，無法再像以前那樣容易拿到，我們只剩五顆了。而且做別人的夢只能應急，無法徹底解決問題。」

「所以還是得進入夢的核心才能獲救吧。」我說。

學長說：「進入夢核心需要有特殊的天賦，有些人學習之後也有可能進去，但大多數的渣友卻沒有這個機會。」

「難道大家就只能這樣渾渾噩噩活著？」我無法接受。

「還有一個辦法可能有用。」學長沉默了一下，「曾經有人拿回自己的夢膠囊，吃下之後重新做一遍自己的夢，結果獲得澈底的療癒。但這個方法並不是每個人都有效，也有人吃了之後不發生任何作用。」

「至少是最後的機會。」我看向阿鵬，「膠囊都在夢境典藏室，我們可以去偷，甚至去搶。」

「沒那麼容易。」阿鵬嚴峻地說，「夢境典藏室的保全系統非常嚴密，不可能闖進去，而且他們為了防止電腦主機遭到病毒入侵，也不與外部網路連接。」

「其實入侵辦法是有的，但我嘗試過又失敗了。」學長淡淡地說。

阿鵬說：「提供這個方法的人你也認識，你都叫他李麥克。」

「那個西門町的流浪漢。」我摘下頭上的橄欖球帽，「他也有一頂Dreamsphere Origin，而且有很多夢膠囊，我吃過一顆，療癒效果很棒，或許可以請他給我們一些膠囊來救急。」

「你吃過他的膠囊？」學長有些詫異，「那個人叫做佛貝托爾，真正的身分是外國情報幹員，我一直查不出他的底細，但總之是某個國家政府方面的人。我剛才說的入侵方法就跟他有關。」

「情報員？真的假的？」

「你看他手上的設備就知道了，一般人不會有那種東西。橘白色膠囊其實並不是從人腦中擷取出來的夢，而是電腦模擬出來的假夢，你吃了以後應該沒有體驗到任何情節吧。」

「對，只有一種很舒暢的感覺。」

「那就是了。這種假夢可以騙過DreamEyes的電腦主機，被判定為夢境，但裡面其實沒有內容，而是電腦病毒。」

「病毒？」我大吃一驚。

「佛貝托爾想奪取DreamEyes的某些機密，所以表面上站在渣友這一邊，提議跟我們合作。他需要有人吃下橘白膠囊，然後把假夢連同病毒賣給DreamEyes，藉此感染主機，破解保全系統。到時候他把資料拿走，夢境膠囊就任由我們處置。」

「我不懂，不管他是CIA、FBI還是IMF的幹員，要入侵一家民間公司的主機應該很容易吧。就算破解不了，硬闖也闖進去了。」

阿鵬說：「DreamEyes也考慮到這一點，夢境典藏室設有自動銷毀裝置，一旦遭到入侵就會把硬碟和所有的膠囊都銷毀。」

學長說：「攜帶假夢需要特殊的體質，我剛好有這樣的能力，所以和李麥克合作，吃了膠囊之後把夢賣給莫費思。然而膠囊毒性太強，我的身體承受不住，才會受到這麼嚴重的破壞。」

我沉吟道：「我吃過他的膠囊，把夢轉賣給莫費思，而且平安無事。這麼說來，我應該也有這種體質……」

「千萬別想嘗試。」小栩打斷我的話，「DreamEyes很邪惡，佛貝托爾也非善類，他們都只想利用別人，根本不管你的死活。假夢膠囊對人傷害性很大，你吃了對事情沒有幫助，只會傷到自己。」

「小栩說得沒錯。」學長深沉地說，「處在破碎的世界是很悲慘的。」

我正想再問，這時茶茶男孩走了過來，大聲說：「我要回家。」

學長說：「我記得這是你外甥，奇怪的是我竟然可以清楚辨識他的模樣，看到他就跟看到你一樣。」他驚奇地看著茶茶男孩，臉孔變得柔和而有生氣，一時又變回從前熱情豪邁的模樣，令人看了不勝唏噓。

「我要回家。」茶茶男孩拉著我就要往外走。

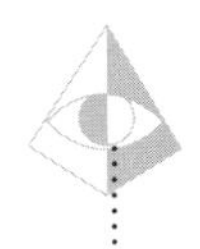

「等一下，我在講重要的事。」我把他扯回來。

「沒關係，我也累了。」學長一瞬間放鬆下來，深深躺進沙發裡，「你就先回去吧，反正你已經知道這個地方，隨時都可以來找我，我再教你進入夢核心的方法。」

●

我和茶茶男孩離開秘密基地，小栩送我們回到站前地下街。

「那我先回家，晚點再打給妳。」我揮揮手。

小栩好像看穿了我的心思，壓低眉頭命道：「你不可以去找佛貝托爾。」

「妳為了跟我說這個才送我出來？」

「嗯。」

「好。」我心頭一陣溫暖，慎重地答應。

我們分開之後，我往捷運紅線月臺方向走，經過往藍線的電扶梯時，不由得心想這裡離西門町只有一站。

「不可以去西門町！」茶茶男孩拉著我火速離開。

我們坐捷運到大安森林公園站，然後走路穿過公園回家。雖然才出門四天，卻好像已經過了很久了，看著自家大門時都覺得有些陌生。

開了鎖推門進去，赫然發現客廳燈光大亮，裡面有一位穿黑色燕尾服的帥氣中年紳士在等我，一見面就用十分熟稔的語氣說：「回來啦，爬山好玩嗎？」

我雖然訝異，但覺得他並無惡意，於是問道：「你是誰？」

「Bond, James Bond.」那紳士用讚賞的眼光看著茶茶男孩，一時回神說：「噢，我是說你的貓真是胖。」

「喵吼！」茶茶男孩衝上前去，「出去，你不可以進來我們家！」

那紳士優雅地轉身閃過茶茶男孩的攻擊，讚道：「你的貓很有能量，我果然沒看錯人。」

「李麥克！」我忽然認出來，他換了裝扮簡直判若兩人。

「佛要金裝，人要衣裝，這話真不是說假的。唉，流浪漢也只不過換了套衣服，別人就認不出來了。」李麥克輕鬆地閃躲茶茶男孩，好像在跟他玩似地。

「茶茶等一下，我跟他講幾句話。」我拉住茶茶男孩，質問道：「你其實是佛貝托爾吧。」

「李麥克也好，佛貝托爾也好，那都只是虛名，重要的是我們有緣。」他拉了拉領結，好整以暇地說，「你吃了我的夢之後再轉賣給莫費思，我們算是共享一夢的朋友

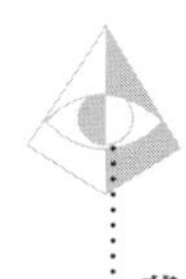

了。」

「你給多少人灌過假夢？這樣亂槍打鳥，應該害很多人受到病毒的傷害。」我不客氣說。

「你誤會了。」佛貝托爾整了整袖口，「DreamEyes的警覺性很高，亂送模擬夢進去馬上就會被識破，當然不能輕舉妄動。我好不容易才找到你這個萬中選一的信息攜帶者。」

「你也跟阿森學長，也就是S說過一樣的話吧。」

「你的天賦比S強多了，經人體實驗證明，你吃過橘白膠囊之後不但沒有任何不良反應，攜帶訊息的完整度也很高。」佛貝托爾仔細地用手掌抹過額頭兩邊的頭髮，不帶一點誠意地說：「S的遭遇真是令人遺憾，他為朋友犧牲的情操更是感人。」

「客套話就不用多說了，你今天來是要我帶更多夢去賣給DreamEyes吧。」

「不錯。」

「我先問你，如果讓S和渣友們吃下自己的膠囊，重新做一次自己的夢，是否就可以治好他們的症狀？」

「只能說這是個機會，而且是唯一的機會。反過來說，不嘗試的話一點機會也沒有。」佛貝托爾一副不怕你不上鈎的表情。

「你的膠囊既然內容是空的，怎麼騙過DreamEyes的主機？」

「很簡單，因為電腦不會做夢。電腦強在運算能力，但只會按照設定好的標準去分析訊息內容，我們只要針對這一點來設計訊息就可以了。事實上，有些真正具有創造力的夢還被DreamEyes主機誤判成不是夢呢。」

我陷入深思，腦中立刻浮現小栩的樣子，也想起薰、學長和其他渣友的景況。我知道如果不讓他們做回自己的夢，他們可能一輩子都無法恢復，甚至還有可能繼續惡化。於是我說：「你的計劃是什麼？」

「我們合作破解DreamEyes的保全系統，你取回膠囊拯救朋友，我阻止邪惡勢力的野心，拯救這個世界。」佛貝托爾大義凜然地說。

「你騙人！」茶茶男孩冷不防揮出一掌，把佛貝托爾的袖子勾破一個小洞，拉起一段線頭。

「唉呀，我的Gucci。」佛貝托爾嫌惡地看著被勾起的線頭，當即把外套脫下來，瞪了茶茶男孩一眼。

我說：「不必講得那麼好聽，這些資料流入政客手中也不會用在什麼正途上。不過橫豎誰掌握權力我們都注定要被操控，我就暫且跟你合作，先救朋友再說。」

「明智的選擇！」佛貝托爾和我握了握手，接著說明他的計畫：「為了避開

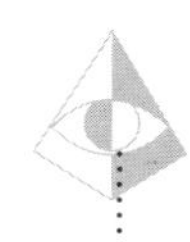

DreamEyes的防毒系統，我把病毒程式分成六段，存在六顆膠囊裡，它們個別分開來是沒有作用的，你要分六次把夢賣給莫費思。」

「就我所知，夢膠囊會被存放在典藏室，你要怎麼把它們組合起來灌進電腦？」

「等六個膠囊都存入之後，你再以消費者的身分前往Dream Cradle調出六顆膠囊全部吞下，它們就會在你的腦中組合起來。當你體驗夢境時，DreamEyes主機全程和你的大腦連線，病毒就會感染主機，癱瘓保全系統。」

「靠，這麼毒的東西還要叫我吞兩次？」

「能者多勞嘛。」

「可是一次買六個夢，而且全都是我賣掉的夢，不會顯得很怪嗎？」

「這就要靠事前的安排和內應了。」佛貝托爾胸有成竹，「今年十二月三十一號，我們組織會用計把Dream Cradle的所有幹部調走，到時候阿鵬帶你去夢境體驗室啟動病毒，然後我帶你們的人進去辦事。」

「你們要怎麼躲過警衛？」

「那棟大樓的保全和清潔都包給同一家物業公司，經理是我們的人，他會把警衛的注意力引開，到時候大家就穿清潔公司的背心進去。」

「清潔公司的背心？」

「夥計，那玩意兒等於隱身斗篷啊，一般人對清潔工總是視而不見的。」

「這麼簡單？」

「只要你把病毒植進去，其他都是小case。」

佛貝托爾見我不再發問，拿出一個裝著橘白膠囊的小玻璃瓶，向我遞了過來。

我想也沒想就拿過來，取出膠囊一口吞下。

●

行動安排在十二月三十一日跨年夜。Dream Cradle雖然全年無休、每天二十四小時營業，但這天晚上有錢人大多去參加跨年活動或與家人團聚，同時上百萬人擠到信義區看煙火也會分散警方執勤能量。

晚上八點，阿鵬開著那輛麥穗金色的賓士來接我，一切都按照客戶進場消費的規矩來。整個Dream Cradle的幹部果然都被調開，阿鵬代替莫費思負責接待，我在Pad上點選了那六個夢，阿鵬把膠囊調出來，帶我到夢境體驗室去。

我依序吃下六個膠囊，很快進入睡眠。夢依然沒有情節，但是和個別吞服這些膠囊時的舒適不同，我好像被放進一臺巨大的洗衣機裡上沖下洗、左搓右揉，然後又高速脫

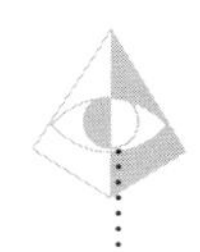

水。醒來時滿身大汗、精疲力盡。

我在床邊坐了一會兒，阿鵬過來比個暗號，示意病毒成功癱瘓主機了。我跟他到夢境典藏室的入口，李麥克已經帶著阿森學長、小栩和其他人從清潔人員通道進來，一切都按照計畫進行。

小栩用關切的眼神看著我，我輕聲說沒有問題，她默默靠過來握住我的手。

阿鵬說：「典藏室內終年恆溫、恆溼、恆壓，必須穿無塵衣才能進去。」

一個渣友說：「我們是來偷東西耶，也要這麼厚工嗎？」

「你不換好，一進去就會觸動警報。」佛貝托爾熟練地換起裝來，「而且也要避免汙染膠囊，你的夢才不會發霉。」

阿鵬協助大家穿好無塵衣和無塵靴、戴上口罩和手套。佛貝托爾按下銅鑼燒一般的巨大紅色門鈕，電動門便「滋——」地一聲開啟。我們輪番在空氣浴塵室接受風淋，之後才進入典藏室。

我走進典藏室的瞬間就被震懾住了，三層樓高的球形空間裡閃閃發亮，所有金屬都沒有半點刮痕或油汙，但真正給人精神衝擊的是那些夢，我能感覺到滿牆櫃子裡有無數夢境正在沉睡，甚至感應它們悠長的呼吸。我知道自己的夢就藏在這浩瀚夢海中的某個角落，那是我靈魂失落的一部分。

「我可以看見……」阿森學長閉著眼睛仰起頭，「我可以看見我的夢，它們就在這裡面。」

「哇，好多夢喔！」茶茶男孩不知從哪冒出來，好奇心旺盛地仰頭張望。

「你怎麼跑來了？」我心裡一驚，「而且你沒穿無塵衣，這樣會觸動警鈴的，趕快出去！」

「才不會，貓最愛乾淨了。」茶茶男孩舔了舔手背，又在脖子上搔起癢來，看得我緊張萬分。然而佛貝托爾看了他一眼沒有說話，只顧著把隨身碟插上主機，熟練地操作起來，警鈴倒也沒響。

這時房間中央的機械手臂如同乍然甦醒的大象揚起鼻子，開始從高牆上抽出一盒又一盒長方形的不鏽鋼扁箱，放到工作臺上。

我打開一個扁箱，深藍色天鵝絨襯布上凹入六道溝紋，每道溝紋上端正地插著一個小玻璃瓶，而每個密封妥當的瓶子裡都有一顆紅白色的夢境膠囊。我感到巨大的震動，當手接觸到玻璃瓶時彷彿有電流通過。

由於箱子太佔空間，不可能都運走，我們按照事前演練的把膠囊裝進夾鏈袋，寫上原箱編號，然後集中到運送包裡，再一包包交給外面接應的人。我們盡可能加快動作，但進度還是很慢，過了很久才裝完第一個運送包交給外面的渣友。

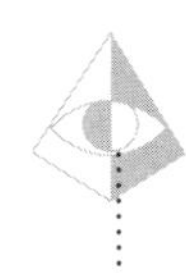

我裝完一箱，正要從整疊箱子上面拿取，茶茶男孩忽然從中間硬是抽出一個，差點把整疊箱子拉倒。

「你不要搗蛋，這不是給你玩的！」我斥道。

「你的夢在這裡。」茶茶男孩彷彿披薩外送員般把扁箱放在我面前。

我聞言一愣，雖然不知道為什麼，但頓時明白他說的是事實。打開不鏽鋼扁箱，裡面沒有什麼特出之處，天鵝絨襯布上同樣插著六個晶瑩剔透的玻璃瓶，各自裝著千篇一律的紅白色膠囊。瓶蓋標籤上沒有夢者的名字，只有夢境標題，我依序看過去：《開往童年的紅線捷運》、《要聽貓咪的話》、《我們的歡樂國度》、《臥房裡的驅魔大嬸》……這些題目都非常陌生，畢竟名字是莫費思取的，而我自己對於已經賣掉的夢並沒有任何印象。

然而我的內心莫名湧出一股深刻的懷念，甚至感到靈魂微微的顫動。我把手伸向其中一個瓶子，卻發現自己有點不敢觸碰。這時我看到最後兩個瓶子的標籤上印著《河流上空的飛行》和《異星半人馬帶來的宇宙星塵》，想起莫費思曾經跟我提過這兩個題目，所以它們確實是我的夢沒有錯。

「搞什麼，根本都沒有賣掉嘛。」我腦中第一時冒出來的竟是這個古怪的念頭，接著忍不住一笑，拿起《河流上空的飛行》這個瓶子攢在掌心，眼淚瞬間流了下來。

這時小栩也像是受到某種指引，抽出底下一個扁箱打開，驚疑不定地看著。茶茶男孩對她說：「上面那四個是妳的夢沒錯喔。」

回頭一看，阿森學長正捧著一個扁箱發愣，他笨拙地摸索著，好不容易打開來，裡面的六個小玻璃瓶卻因為箱子傾倒而掉了出來，在地上砸得粉碎。他拋開箱子蹲下來尋找膠囊，一時嫌手套礙事索性脫掉，手指被玻璃渣刺得鮮血直流。我趕緊上前幫他把六個膠囊都撿起來，吹掉碎屑放在他手心。

「這是我的夢。」學長的眼神既溫馨又憂傷，既欣慰又絕望，「我看見了我的夢，它們在召喚我。」說罷也不管膠囊上面可能還附著碎玻璃，拉開口罩一把就丟進嘴裡。

其他人也停下手上的動作，打包工作整個卡住了。渣友們陸續開始產生奇怪的反應，有人抱著頭痛苦哀號，有人哭得聲嘶力竭，還有人陷入一片茫然。大家開始囫圇吞起手上的膠囊，也不管那究竟是不是自己的夢。

「集體急性深度發作，我還沒看過這麼大規模的。」佛貝托爾像是冷血科學狂人，歡快地欣賞著難得一見的科學奇景，「真是令人歎為觀止，上萬個夢聚集在一起的氣場原來這麼強，沒有任何失去靈魂的夢渣抗拒得了。」

小栩趕緊按下對講機跟外面的阿鵬聯絡：「集體深度發作，趕快安排後送。」

氣鎖門「滋——」地一聲打開，一群沒穿無塵衣的渣友蜂擁而入，又哭又笑地爭搶

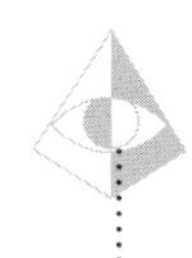

不鏽鋼扁箱和膠囊瓶子。我趕緊閃到一旁，把自己的六個瓶子裝進夾鏈袋，然後拉開無塵衣的拉鍊揣進口袋裡。

茶茶男孩拿著另外兩個膠囊瓶子來：「這是阿薰姊姊的夢。」我不及多想，把它們也塞進口袋。

前面傳來「嘩啦——」一連串金屬碰撞和玻璃碎裂的聲響，抬頭一看，場面已經完全失控，一大堆不鏽鋼扁箱傾倒在地，無數玻璃瓶在地上砸得粉碎。渣友們彼此爭搶，有些人寶貝兮兮捏起自己的膠囊卻被旁人擠掉，跪在地上遍尋不著。很多人無法找到自己的膠囊，索性拿到什麼就吞什麼。還有人擠不過去，開始攀著牆壁想要去抽高處的收納箱，隨即被機械手臂打下來。

「謝了夥計，我得手了。」佛貝托爾在鍵盤上敲下最後一個鍵，俐落地把隨身碟抽出，摘掉無塵帽說：「新年快樂，祝各位好運！」說罷頭也不回就往外走。

「你不能走！」我正想上前阻止，典藏室裡倏地一暗，照明關閉、警鈴大作，紅色警示燈像一座在暴風天裡焦慮不已的燈塔急速狂轉，打得一塊紅光繞著球型內壁不斷繞圈。渣友們陷入瘋狂，毫不理會地繼續爭搶、吞食、高聲呼喊，甚至彼此推打，紅光在他們幽暗的臉孔上閃爍，卻又像極了一場舞廳裡的狂歡。

一群警衛衝了進來，掄起電擊棒就往眾人身上招呼：「混帳！竟敢偷竊本公司資產！」「這一顆要多少錢你知道嗎？我一個月的薪水都還買不起一顆，被你們這種人吞掉真是浪費！」他們邊罵邊罵，強橫地把人往外拖，而渣友們到最後一刻都還拚命抓著膠囊往嘴裡送。

一個警衛正要攻擊小栩，我一腳把他踹開，背起倒在地上的阿森學長，拉著小栩跨過滿地哀嚎的渣友逃出門外。

小栩說：「怎麼辦？我們不能放著大家不管。」

我早已被無塵衣悶得快要熱暈過去，這時不管三七二十一，先粗魯地扯下衣帽和靴子再說，茶茶男孩適時送來鞋子讓我穿上。

「能救多少算多少！」我把阿森學長和幾個渣友拉進電梯，地板塞滿了就按鈕下樓，叫接應的人扶到外面去。運了兩趟之後，阿鵬過來低聲說：「快逃吧，警察要來了。」

我們再次下樓出小門到後巷，學長正被人扶上一輛麵包車。接應的人說這輛車已經滿了，叫我們自己離開。滿街人群忽然高聲呼叫著奔跑起來，接應者以為是警察到了，趕緊關門開車，企圖從洶湧的人潮中闖出去。我跟小栩還有茶茶男孩順著人群往前跑，卻聽見身旁的幾個女孩子歡然喊道：「開始倒數了，快點！」我這才醒悟原來是即將跨年了。

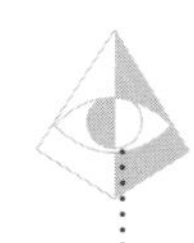

我們混在人群裡跑向敦化南路和信義路口，很快就被擠得動彈不得。整棟一〇一大樓的燈光忽然全部關閉，為倒數做預備，眾人尖聲歡呼，興奮躁動。接著也不知在誰帶頭之下，所有人同聲大喊：「十、九、八、七、六、五、四、三、二、一！新年快樂！」

一〇一大樓倏然炸開，紅、綠、藍、白各色煙火瞬間射向四面八方，接著化為一團光霧緩緩飄降，幾秒鐘之後又傳來「咚嚨——」的沉重爆炸聲。第二波紫紅色煙火隨即三連發噴射出來，把摩天大樓妝點成黑夜裡一根絢爛的魔棒，誇飾著歡樂與希望。

滿街人群舉起手機拍攝，點點螢幕亮光鋪成一條凝固的光之河流。大家笑著、叫著，隨煙火的施放驚呼。這是每年一度的應許，是跨年夜裡例行的美夢，無論這一年過得好壞，人們都在這一刻真真切切感受到對未來的希望。

一個街頭藝人演奏起手風琴，眾人跟著歡樂的旋律拍手唱了起來：「當我們同在一起，在一起，在一起。當我們同在一起，其快樂無比！你對著我笑嘻嘻，我對著你笑哈哈。當我們同在一起，其快樂無比！」

我望向人群，卻彷彿看見渣友們爭搶膠囊的臉，那樣充滿感動，那樣喜得救贖。

「Alles ist hin.」我低聲道。

「你說什麼？」小栩湊近問。

「什麼都沒了，幸好一條小命還留著。」我說，「這真是一首充滿希望的歌。」

第10章

彷彿若有光

跨年人潮洶湧，我們兩點多才搭上捷運回秘密基地。但等了很久都沒有其他人回來，我和小栩有一搭沒一搭地說話，直到早上實在太累，終於不支睡著。

這時我做了一個夢。

DreamEyes舉行新產品發表會，創辦人希普諾斯親自上陣，主題是「Dreamers, Together」，他用不容置疑的樂觀姿態宣布普及版的Dreamsphere Infinity正式與世人見面。它的特色是全數位化，不再需要類比式的BNND膠囊，使用者可以在任何地方自行操作，擷取夢境之後直接上傳網路，也可從網路下載夢境來體驗。

「從此我們將在睡眠時娛樂、療癒，也在睡眠時創造產值，人生整整增長了三分之一，人類文明的進化也將加速。更重要的是，夢想將不再是少數人的專利，Dreamsphere Infinity將打破夢想的疆界，帶來一場革命。這是人類意識民主化的重要一步，也是我們分享夢境、深刻理解彼此的開始。『我們擁有共同的夢』不再是一句夢想式的口號，而是具體的實踐！」希普諾斯傳揚福音似地下了結論，全場觀眾起立鼓掌、高聲歡呼鼓譟。

我猛然驚醒，一時不知置身何處，過了一會兒才想起來是在秘密基地。懵懂間環顧四周，依然一片冷清。

這時我聽見最裡面的小房間有些動靜，起身查看，只見黑暗中立著一個人影，正拿著那頂橄欖球帽式的Dreamsphere Origin仔細端詳。我以為是學長，心中一喜，沒想到走近一看卻竟然是莫費思。

「真是令人懷念啊，這種舊型的產品。」他看到我並不訝異，繼續把玩著手上的Dreamsphere，那姿態就像是在欣賞敵人的頭顱一般。「當時曾經是劃時代的產品，現在看來實在陽春得不行。」

「你怎麼會在這裡？」

「當然是來追查佛貝托爾的下落，他搶走本公司的機密資料，所有人都在找他。」

莫費思搖頭道，「你不知道自己闖下什麼大禍，客戶隱私一直是本公司極力保護的最高機密，現在被政治勢力奪走，不知會被政客拿去做什麼邪惡的用途？」

「你們擷取夢境時偷偷側錄客戶的思想，總不是要做慈善事業吧。」我冷冷說道。

「我們只是了解客戶需求，提供大家最想要的東西罷了。事實上大部分的人並不知道自己真正想要的是什麼，而我們幫大家找出真正的需求，引領時代進步。」莫費思驕傲地說。

這時小栩也醒了，過來質問道：「大家都到哪裡去了？」

「妳說那個闖進本公司行竊的流浪漢集團啊，他們都被警察逮捕了。」

「快放了他們。」

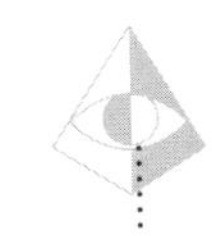

「警察局又不是我開的，我哪有辦法放人。」莫費思寬大地一笑，「不過我們盤點了一下，並沒有損失什麼有價值的財物，充其量只是一些原本就要淘汰的廢品，又念在這些流浪漢大多神智不清，所以不打算提出告訴，他們應該很快就會被釋放了。」

我說：「別嘴硬，那些膠囊價值不菲，你們損失慘重。」

「那你就有所不知了。」莫費思把Dreamsphere Origin丟在小桌上，取出一個VR眼鏡般的東西，意氣風發地說：「這是最新的Dreamsphere Infinity，今天正式上市，全數位化、即時網路連線，夢與世界零時差。」

我吃了一驚，這跟剛才夢裡的新產品一模一樣。

「類比時代結束了，接下來是數位夢境的時代。夢不再是只能使用一次的膠囊，而是可以被全世界使用者無限共享的體驗。」莫費思熱情地看著我們：「兩位都是才華洋溢的夢者，一定可以成為高點閱率的網紅、夢紅，擁有全球知名度，賺進無法想像的鉅額財富。怎麼樣，繼續跟我合作吧！」

「你把大家害得那麼慘，這筆帳都還沒跟你算呢。」小栩斷然說道，「何況一想到自己的夢被上百萬甚至上千萬人體驗，就覺得非常噁心。」

「我們是老朋友了，聽我一句，別跟自己過不去。有夢就應該勇敢去做，有錢也儘管放膽去賺！」

「喵吼！」茶茶男孩忽然衝出來對著莫費思一陣拳打腳踢。

「唉呀，又是你這胖貓，好痛！」莫費思往外逃開幾步，拍拍衣服說，「等你們想清楚了，隨時歡迎回到本公司的陣容。你們知道怎麼找到我！」說罷便揚長而去。

●

雖然明知徒勞，但我想到西門町去看看有沒有佛貝托爾的蹤跡。我們離開秘密基地，從地下街出來，搭一站捷運到西門。

走出捷運站一抬頭，赫然看見大樓外牆上貼著Dreamsphere Infinity的巨幅廣告，電視牆上也不斷反覆播送DreamEyes的介紹影片，路人們興奮討論著這個新奇的產品，成都路上不知何時出現了一家DreamEyes的直營店，門口大排長龍。

我忍不住想要拉著這些人，告訴他們這一切並不像廣告上說的那麼美好，那種產品不但無法帶給你歡樂，還會造成難以復原的傷害……但我知道這麼做只會被當成精神不正常，沒有人會因此改變心意。

暈眩再次襲擊，更可怕的是，眼前的景象在快速旋轉的同時變得破碎起來，我慌亂地想要看清楚，但事物失去了完整的形貌，變成無數的線條、圓弧和色塊，它們交錯縱

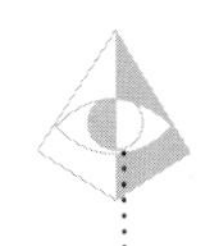

橫，反覆重疊，一邊旋轉一邊移動，整個世界變成我完全沒看過也不理解的樣子。

「你還好嗎？」小栩察覺不對勁，扶著我到旁邊人比較少的地方休息。

視覺慢慢恢復了，我看著眼前這張面孔上的五官回到原本的位置，終於認出這是小栩的臉。混亂過去之後心裡才開始感到無邊的冰冷恐懼，這莫非跟阿森學長的症狀一樣？六段病毒程式在我腦中組合、啟動，畢竟還是造成傷害了，我會被永遠封閉在破碎的世界嗎？

「我餓了！」茶茶男孩忽然大聲說。

我回過神來，想起確實很久沒吃東西了，於是喘了口氣，說：「走吧，先吃飯。」

「我要吃迴轉壽司！」茶茶男孩堅定表示。

我們去了一家老牌迴轉壽司店，茶茶男孩一坐下來就拿了鮪魚、鮭魚握壽司和豆皮壽司各一盤，津津有味吃了起來。我隨便拿了一盤，食不知味地吃著，小栩也默不作聲。

我正想跟她說話，轉頭看時，她手上的蘆筍捲「啪」地一聲掉在盤子上，我瞬間意識到她嗜睡發作，趕緊拉她靠在我肩膀上，免得趴倒吧檯，甚至打翻東西引起騷動。大約兩分鐘之後，小栩又恢復清醒。

「做夢了嗎？」我問。

「嗯，夢到吃壽司。」

「還真是醒夢不分。」我不禁莞爾。

「我在一個海邊的冷清小鎮，那是一個不太有觀光客會去的地方，漁業活動也沒落了，整個鎮上都沒有餐廳，只有在聯外公路旁有一家迴轉壽司，而且店裡沒半個客人。我一走進去，原本垂手肅立的店員們同時大喊一聲『いらっしゃいませ！』然後像通了電一樣全部動起來，服務生倒茶、上毛巾，師傅開始片魚、捏醋飯，我這才發現原本連輸送帶都沒有運轉，而且上面完全是空的，我一進來他們才開始製作。我心想如果我沒上門，他們可能還賠得少一點呢。」

「結果妳吃了什麼？」

「不知道，師傅做了十幾盤讓我選，大部分都是沒看過的魚種。我隨便拿了一盤來吃，沒想到好吃得不得了，心想不愧是產地，真是難以想像的美味。」小栩看著眼前不斷通過的餐盤出神。

「好棒的夢。」我反射性地想到這個夢可以賣到很高的價錢，但隨即對這種被制約的想法感到可悲，不禁苦笑。

「你想到什麼？」

「沒有。」我追問道：「妳吃了幾盤。」

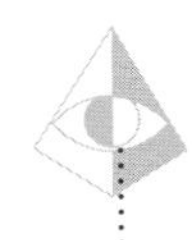

「我不好意思讓他們虧太多，盡量多拿了幾盤，可是才吃兩盤就醒了。」

「太可惜了。」我拿了一盤烤星鰻，但吃了一口就後悔了，開玩笑說：「妳這個夢害我食慾全消。」

「那真抱歉。」

「好好吃喔！」茶茶男孩又拿了三盤下來，繼續貓吞虎嚥。

小栩忽然慎重地說：「我還沒謝謝你陪我去嘉明湖，這趟旅程對我意義深遠。」

「幹嘛那麼客氣，我很高興能參與妳的大事，也得到十分奇妙的體驗，可惜沒能幫上忙，我真希望妳能夠完成那個夢境得到療癒。」

「不，你幫了很多忙，我也見到想見的人，收穫已經很豐富了。」小栩溫馨地一笑，「我還沒跟你說，我前幾天把水晶項鍊拿給小真，她很開心收下了，還說她已經開始恢復練琴，就算當不成職業演奏家，也不會放棄音樂。」

「真是太好了，我真替妳們開心。」我高興地說，「那妳接下來有什麼打算？」

「我決定要從淡海搬出來。雖然我的症狀還沒有完全恢復，但我感覺到自己的內在時間已經開始流動了。」小栩把剩下的蘆筍捲拿起來，珍惜地吃完，然後說：「就像S哥說的，要學著和不完整的自己相處，把生活和工作繼續下去。我在淡海這一年想通一件事，以前我太執著於要恢復成原本完整的自己，一旦發覺辦不到就陷入無盡的沮喪。

可是我現在覺得，所謂『完整』也許從一開始就不存在，那只是一種想像。抱著缺損活著雖然痛苦，但人生有缺損也會有增長。」

「就算野火燎原，還是會重新發芽。」

「沒錯。就算被世界遺棄，我也有我的天堂，有我的愛與歌。」

我看著小栩，她的確和上山之前有些微不同，變得更有真實感。美麗的部分更真實，缺損的部分也是。我知道如果沒有別的契機，她將會和這些一起共存下去。

我從口袋拿出那包夾鏈袋，把六個裝著夢膠囊的玻璃瓶在吧檯上整齊排好，認真端詳了一會兒。「把自己的夢做回來，就能解決問題嗎？」

小栩也把她的四個瓶子排出來。「S哥說有人曾因此復原，但也有人吃了之後毫無反應。」

「總之是一個機會，問題是怎麼吃呢？」我拿起一個瓶子疑惑地看著。

「每天睡前吃一顆喔。」茶茶男孩抓了一盤海膽握壽司和一盤鐵火捲，他面前的空盤已經疊得老高。

「你又知道。」我沒好氣。

「貓什麼都知道！」茶茶男孩理直氣壯地說，「吃之前要先拜拜。」

「去哪拜？」

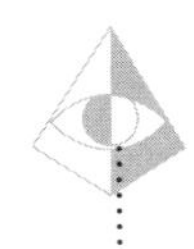

「土地公廟啊。」茶茶男孩一副理所當然的樣子。

●

「沒想到我竟然會任由一隻貓擺布。」我們三人回到我家附近，往小公園的土地公廟前進。

「誰叫你是貓奴。」茶茶男孩得意洋洋地說著，半路把我拉進便利商店，買了一包奶油椰子乖乖、一包巧克力乖乖和三瓶礦泉水要我結帳。

「你剛才吃了那麼多，居然還要買零食。」我抱怨道。

「這是拜拜要用的。」茶茶男孩拿了東西就走。

走進小公園的時候，我想起之前的貓聚會，問他：「你那些貓朋友平常都在做什麼？」

「找東西吃，找地方睡覺，找水喝，為了生活到處奔忙。」

「貓看起來都很閒。」

「才不是。」他搖搖指頭，「食物很難找，乾淨的飲用水嚴重缺乏，睡覺的時候會忽然被狗攻擊，還有人虐貓跟餵貓吃毒藥，一刻也不能放鬆。」

「這麼辛苦？」

「只比人好一點。」茶茶男孩領著我們走向那間隱密的小土地公廟。

廟裡沒人，茶茶男孩一走進去就從連身吊帶褲前面的口袋拿出兩支iDream放在供桌上，一個是我被砸壞的那支，另一支則是薰的，然後他用紅色的巧克力乖乖鎮著。

「原來你買乖乖是為了這個，可是你用錯了，應該用綠色那包吧。」

「用紅色的就是要它們停止作怪啊。」茶茶男孩叫我們把夢膠囊拿出來放在供桌上，我們照做了。茶茶男孩用責怪的語氣說：「阿薰姊姊的也要啊。」我趕緊把阿薰的那兩瓶膠囊和玉佩也拿出來。

茶茶男孩用綠色的奶油椰子乖乖壓在上面，然後用手拍了拍：「你們要乖乖的喔。」接著把三瓶礦泉水放在最前面。

我跟小栩各點了十二炷香，依序拜過四個爐。插香的時候，我注意到虎爺的神龕跟之前一樣還是空的。我沒有特定的信仰，到廟裡拜拜多半是表達對神明的尊敬，很少祈求什麼願望。但今天我向土地公和眾神明祝禱，希望祂們保佑我、小栩、薰、學長和渣友們都能順利獲得解救。

茶茶男孩沒有點香，雙手合十對土地公喃喃念道：「喵哩喵氣喵嘎嘎。」他拜了三拜之後，像老練的廟公般把礦泉水分給我們：「回去每天睡前吃一顆，記得搭配這瓶水

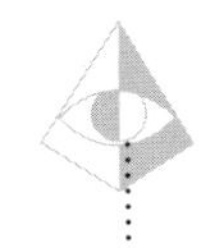

服用。」

我們對眾神明合十拜了三拜，然後把東西收拾好。茶茶男孩一轉身就離開小廟，穿出濃厚的樹蔭之後，小栩問他：「你剛才念那是什麼咒語？」

「喵哩喵氣喵嘎嘎。」

「那是什麼意思？」

「隨便亂念，是我臨時想到的。」

「對神明亂念一通好嗎？」我說。

「心誠則靈。」茶茶男孩一臉嚴肅，我永遠無法分辨他是真的知道還是胡謅的。

「要不要來我們家坐一下？」我問小栩。

「小栩姊姊要直接回淡海，做完所有的夢你們才可以再見面喔。」茶茶男孩說。

「這樣啊。」我不知怎麼也覺得確實應該如此。

「嗯，那我就回去了。」小栩明快地說，「過幾天再見囉。」

我一時間覺得有些忐忑，好像彼此都要踏上一段未知的旅程，而在另一端相會時，不曉得各自會變成什麼樣子。

「對了，你還來不及聽S哥說關於夢核心的事。」小栩忽然想起來，「詳細的方法我無法轉述，只能告訴你重點——你要隨時問自己是不是正在夢裡，而且理解夢境和真實並沒有那麼大的差異；當你進入夢核心的時候，要留意尋找鏡子，然後看清楚那裡面的自己。」

「好，我會記得。」我說。

「小栩姊姊拜拜！」茶茶男孩用力揮手。

「茶茶再見，你是個好孩子。」小栩摸摸茶茶男孩的頭。

我向小栩揮揮手，她燦然一笑，俐落地轉身去了。

●

隔天我去找薰，把膠囊帶去給她。

蘇媽媽說今天天氣很好，希望我帶薰出去走走。「她一直悶在家裡，我想帶她出去她都不要。也許她比較肯跟你出去。」

「好，我試試。」

薰還是跟之前一樣有種隔膜感，看到我時雖然淺淺一笑，但是眼神淡漠而遙遠。我故作輕鬆地說：「外面的風很舒服喔，要不要去河堤上散步？」薰聽而不聞，我很確定她聽見了，也理解我說的話，但對她來說那就像是電視上的人說的話，不是針對她說

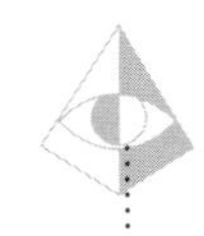

的，也不會想要回答。

我又試著用不同的方法問她，但完全無法引起她的反應，到後來我覺得自己好像對空氣說話的笨蛋一樣。

「茶茶，你有辦法勸阿薰姊姊出門嗎？」我無奈地向茶茶男孩求助。

「阿薰姊姊，我們去散步吧！」茶茶男孩轉頭隨口就問。

「好啊，我也好久沒出門了。」阿薰竟然毫不遲疑地答應，而且立刻起身穿上外套準備出門。

「你怎麼辦到的？」我詫異地問茶茶男孩。

「我是貓啊。」他理所當然地說，「而且我跟阿薰姊姊一起爬過山了。」

「你是說帶著玉佩去爬山的事吧。」我恍然道。

我們當即出發，蘇媽媽喜出望外，不知該說什麼，只好硬塞了一千塊給我，說走累了可以找家店喝咖啡，我根本拒絕不了。

我們離開社區，走下陡直的坡道，穿過附近最熱鬧的那條街道，然後爬上河堤。沿著溪流的右岸往下游走，右邊河堤內蓋滿住宅大樓，左邊堤外則是寬廣的景美溪床。除非遇到颱風豪雨，平常河水只是窄窄一道，岸邊被闢成帶狀的遊憩區，許多人在上面運動。以前我和薰經常在河堤上散步，遠處有山，視野還算開闊，不過現在兩邊都多了不少高樓層的建築，感覺不太一樣。

空氣有點涼但十分舒爽，我們緩緩走著，一路都沒有說話。右邊不知哪一棟公寓裡有人在練習法國號，是個初學者，吹奏技巧相當生澀。旋律很耳熟，我想了一下，是柴可夫斯基第五號交響曲第二樂章的開頭部分。等我們稍稍走遠，那聲音也就聽不見了。

我們在堤緣坐下來，一陣風吹過，薰微微顫抖了一下，拉起外套領子遮住臉頰。我問她：「會不會冷？」她沒有回應。我正想叫茶茶男孩幫忙問，他卻被一隻蝴蝶吸引，虎著臉追了出去。

「沒想到街上那家KTV還在耶。」我說，「妳還記得吧。」

薰瞇著眼睛，對面河岸上的棒球場有人在打球，偶爾會傳來鋁棒擊中球的聲音，隔得遠了，聽起來像是從時間黑洞裡逃逸出來那樣陳舊而微弱。

我在大二的時候認識低一屆的薰，彼此都是初戀，雖然幾次小分小合，大致上感情很好。薰聰明、可愛，而且個性溫暖，但她出國留學的計畫成為我們之間的障礙。她很想去法國，從大三開始學法文、積極準備申請學校，也順利獲得錄取。

她第一次說要去法國的時候顯得那麼理所當然。我心裡好像踩空了一腳，覺得自己被忽略被遺棄了，她不曾問我的意見，也沒有問我想不想一起去。

薰這一趟去至少待兩年，也可能繼續深造甚至留下來工作，那麼她對我到底究竟有

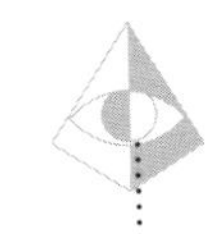

什麼想法？是要保持遠距交往，還是乾脆先分手免得日後麻煩？但她什麼也沒說，我試著提出來討論過幾次，發現她根本不曾顧慮這些，出國和交往彷彿是不衝突的兩件事，不需要考慮。

我壓抑著這些念頭，好像認真提出來就變成阻礙她追尋夢想，但越壓抑卻越難受。我還是盡力支持她，陪她去師大法語中心上課，有時她來不及吃晚餐我還買東西趁下課時送去。在分別的那一刻來臨之前，假作一切都不會有所改變。

直到她出國前一個星期，她才開始覺得這件事情具體起來，變得有真實感，意識到自己即將離開我到非常遙遠的地方，而且是很長一段時間，但這時難過或後悔都已經來不及了。

薰出發前一天我去找她，見了面之後卻不知道要去哪裡。分別在即，氣氛很特殊，無論逛街、看電影還是其他平常做慣的事都顯得不對勁，但如果太慎重其事又會搞得像是要分手。剛好我們經過街上那家KTV，我開玩笑說不然來唱歌好了，她竟也覺得這個主意不錯。

於是我們租了一間包廂，嘻嘻哈哈地點了一大堆歌。我們從來沒有兩個人唱過歌，這下沒有旁人爭搶點歌器和麥克風，可以盡情歡唱。

起初確實非常享受，但唱著唱著卻越來越難以抑止一股蒼涼的情緒。時間分秒流逝，即將分別的念頭逐漸浮現，我們卻在這裡唱著各種熱鬧的歌、寂寞的歌、歡愛的歌、失戀的歌……

我們終於放下麥克風默默擁抱，任由空洞的伴奏兀自一首又一首自動播放下去。薰難過地說，天啊，我怎麼會做出這樣的決定。我沒有多說什麼，只在心裡無奈地想，很早以前我就跟妳說過了啊。

「妳記不記得那天，唱完歌之後我們在街上道別，我跟妳說分開後不要回頭，就當成平常的一次分別，很快就會再見面那樣。」我說。

薰似乎輕輕應了一聲，但也許沒有。

「其實我沒有遵守約定，才走出兩步就停下來回頭看妳。」我說，「我看著妳的背影，而妳果然一次也沒有回頭，那麼篤定地越走越遠，很快就消失在街角。」

薰仍然像在看電視或聽廣播般顯得事不關己，一瞬間我甚至懷疑自己的存在會不會只是她的夢境，當她醒來時我也就跟著消失。如果是這樣，那麼我想要把她從封閉隔膜中救出來的念頭就太可笑了。

我想起當年有一次去找阿森學長聊天，他忽然問我，你的夢想是什麼？我其實沒有認真想過這個問題，隨口拉裡拉雜說想要寫小說，想到處去旅行，哪天說不定開一家咖啡店……學長打斷我說他問的不是這個，而是問，你願意用一生追尋的事情是什麼，在

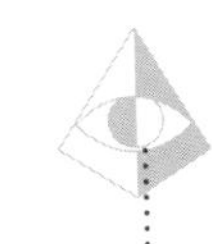

你生命結束之前，非得要完成的是什麼？我被問倒了，完全答不上來。

我也曾拿這個問題問過薰，因為我覺得她去法國只是憑著任性衝動，而不是仔細思考生涯規劃後所做的決定。她很可能到了當地之後大感失望，或者發現自己的志趣根本不在所選的學科，但是這一切是以我們的感情為代價。

不過我現在已經不這樣想了，既然我沒有阻止她也不曾考慮一起去，那麼薰出國這件事就是我們共同的決定，我必須自己面對所有的結果；而順著心意行動，隨眼前風景決定下一步的人生，也挺美的。

「嗨，收音機前的聽眾朋友，接下來這段話是對妳說的。」我半開玩笑地展開話頭，然後看著薰認真地說：「我到現在還是不知道自己能夠稱為夢想的是什麼。長久以來，因為屈服於現實、受到各種干擾和誘惑，乃至於只是出於自己的懦弱或不明所以的彆扭，我放棄過很多東西，包括曾經投入那麼深的感情。但現在我至少知道一件事，就是自己有無論如何都不願意放棄的部分，也有拚了命都要好好相守的人。我想，如果我能夠在未來的每一分每一秒都好好守護這些，那麼到了我的生命要結束的時候，或許就可以告訴妳我的夢想是什麼。」

我拿出那塊蟬形玉佩，放在薰的手心，讓她握住。

「謝謝妳。」我說。

茶茶男孩忽然衝了回來，一屁股擠進我跟薰中間。他手上捏著一隻蝴蝶，炫耀說：「你們看，我抓到蝴蝶！」

「啊，好可憐，你快把牠放走。」薰不忍地說。

「哈！」茶茶男孩把手放開，那隻蝴蝶似乎受了傷，踉踉蹌蹌往下飄落，眼看要跌進河岸上的草叢，一時卻又奮力拍起翅膀飛走。

「阿薰姊姊這個給妳。」茶茶男孩不知何時從我口袋把薰的兩個夢境膠囊瓶子拿出來，放在她手上。

當小玻璃瓶碰到薰的瞬間，她全身震動了一下，看著瓶裡的膠囊，臉上表情又是疑惑又是感動，我可以察覺到她內在有什麼東西被喚醒了。茶茶男孩拿出那瓶拜過土地公的礦泉水交給她：「今天跟明天晚上睡前各吃一顆，記得要用這個水服用喔。」

薰凝視著手上的玉佩和玻璃瓶，良久良久。接著她想起什麼似地，從外套口袋裡拿出一個透明泡泡殼，裡面封著一顆膠囊，一半草綠色，一半米黃色。我一眼就認出來，那是之前也曾在她書架上看到過的，原本屬於我的百憂解。當年我去看精神科，醫生開了這個藥給我，薰半開玩笑撕下一顆說要帶回家收藏，一直保留到現在。

「這個還給你。」薰把百憂解交給茶茶男孩，茶茶男孩又轉交給我。

對我來說，這也是一顆儲滿記憶與情緒的膠囊，令人百感交集。我擠破鋁箔取出那

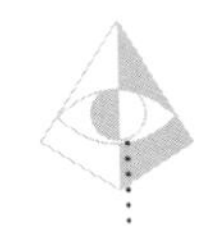

顆百憂解，然後把膠囊轉開。裡面的藥粉傾瀉而出，河流上的風溫柔地吹著，把它們遠遠送走。

●

我連著五天晚上吃了五顆夢膠囊，隔天早上都會做回一個舊夢。做自己的夢是一件奇妙又有點怪異的事，夢被擷取之後腦中就不留下任何印象，但是重新體驗時又覺得處處似曾相識，有種夢中的既視感。開始吃膠囊之後，我的精神安穩許多，各種不舒服的症狀也緩解不少。

到了第六天，茶茶男孩不容置疑地宣布：「今天要回士林的老家。」

「明天再說吧，我還有最後一個膠囊沒吃。」

「今天會下大雨。」茶茶男孩活像中央氣象局的主任預報員，一板一眼地說：「而且今天晚上滿月。」

「下雨不就看不到月亮了嗎？」

「可以喔。」他斷然說。

我現在幾乎已經對茶茶男孩言聽計從了，於是抓起背包出門，吃過早餐之後就回士林郊外的老家去。

到家之後，茶茶男孩帶著我直奔後山的防空洞。他坐進一臺黑色的天鵝車，並且示意我坐上一臺白的。我原本嫌髒，猶豫了一下才跨進去，座位比記憶中的狹窄，但勉強還能擠得下。茶茶男孩拿出我的手機查看，很不滿意地說：「訊號一格。」

「現在要幹嘛？」我問。

「沒幹嘛。」茶茶男孩開始自顧自玩起連線遊戲，電子音效在防空洞裡迴響放大，顯得浮誇擾人，連他自己都覺得吵，不等我抗議就關掉。

我靜靜坐著，心情一陣放鬆，開始回想起關於天鵝、童年，以及與防空洞有關的種種事情。

我最早的記憶可以追溯到兩、三歲，不過只有幾個浮光掠影的片段，四歲以後印象就比較完整。我對幼稚園時代最鮮明的記憶之一是防空演習，老師要求小朋友們安靜坐好，然後在黑板上畫了一架飛機，又從飛機底下拉出一條拋物線到地面的房屋上，說如果你們不乖乖坐好的話，敵人聽到聲音就會把炸彈丟在頭上，小朋友們聽了果然都不敢亂動。

進了小學之後，到我三年級為止，每年都進行防空演習。學校沒有防空洞，但校舍沿著山坡興建，一樓有半邊埋在山腹裡，教室對外開窗，走廊這一側就不見天日，終年

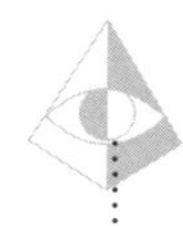

幽暗陰涼，跟防空洞沒有兩樣。演習時學生們魚貫來到一樓走廊面牆蹲下，依照老師指示右膝跪地、左膝抵在心臟前面保護，拇指按住耳屏阻擋爆音，四指護住眼睛以免震波將眼球震出。嘴巴和肛門隨時保持開啟，萬一爆風襲來時身體內外壓力才能保持平衡避免傷及內臟。現在想來，如果炸彈真的落在身旁，這些動作恐怕也無濟於事。

我還滿喜歡防空演習的，因為那是一種帶著遊戲性質的特殊時刻。所有同學都安靜地蹲在平常不會去的幽涼走廊裡，耳中只聽到空氣流動的回音。接著廣播喇叭裡播送敵機來襲的音效：飛機臨空、機槍掃射、炸彈咻咻投落並且爆炸，試圖營造戰爭氛圍，但又因為很不逼真而顯得有些兒戲。小學生並不明白戰爭的可怕，尤其男孩子天生就對暴力具有浪漫想像，因此只覺得好玩。

掃射和投彈聲音會漸漸遠去，陷入短暫靜默。這捲空襲音效帶我們反覆聽了三年，因此我知道待會兒敵機會再重新飛臨，發動另一波攻擊。我總是會違反規定偷偷觀察隔壁同學的姿態，同時對整排人認真地摀眼壓耳張嘴蹲在牆角的畫面感到有趣。

有一年學校格外認真舉行演練，我們在千篇一律的空襲音效中意外聽到總務主任急切地宣布操場中彈起火，命令救災小組立刻前往撲滅。等到演習結束，我跟幾個同學跑去操場，看到燒剩一半的紙箱灰燼和滿地白色滅火泡沫，忽然想起平日養在草地上的羊不知被牽到哪裡去了。

後來防空演習就不再下樓躲避，只取消戶外課程，在教室安靜上課或自習，也不再播放空襲音效，變得十分無趣。

我正沉浸在回憶裡，忽然聞到空氣中泛起潮濕冰寒的味道，不假思索說：「下雨了。」我跨出天鵝走到洞口張望，外面果然下起大雨，整座山谷都籠罩在雨幕裡，而風把雨吹得像布幔般飄動。我從小就很愛看雨，總覺得從天空到地面都充滿了水是個很奇妙的情景，不知怎麼也格外讓人安心。也許因為雨水會遮蔽掉滿山如癌細胞般侵長的各種醜陋建築、電線或不明所以的人工雜物，只留下一抹糊化的蒼綠，展現出山谷自然的姿態。

在這瞬間，我忽然能夠理解外公當初設置這個防空洞的心情，也許是他年少時經歷的轟炸記憶太過驚恐深刻，所以中年以後在這個郊野山邊親手建立家園時，即便局勢已然平靜下來，仍固執地想為自己和家人打造一個躲避空間。

他們不曾談起戰爭和轟炸的事，事實上那一輩的臺灣長者多是沉默的，連自身的生命故事也絕口不提。阿公只有偶爾喝到微醺時會走到陽臺哼兩首日本曲子，任晚風把歌聲帶走。仔細想起來，我曾聽阿媽說起「疏開」這個字眼，詢問那是什麼意思，她也只平淡無奇地解釋兩句，不帶任何情緒。

一時雨勢轉強，風也變得寒冷起來，我回到防空洞裡，再次坐進白天鵝中。

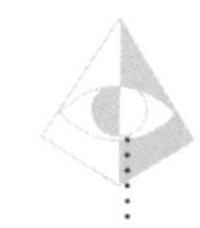

茶茶男孩把手機還給我，大聲說：「沒有訊號了！」

「這邊訊號本來就不強，雨下得太大就被遮蔽掉。」

「這樣一來我們就安全了。」茶茶男孩滿意地窩進座位裡打起盹來。我這才醒悟，他一直玩我的手機其實是在偵測訊號，確認是否在網路的覆蓋威脅之下。

我看著螢幕上方訊號格數歸零，顯示著「無系統服務」，關掉手機，閉上眼睛聆聽防空洞裡迴盪的雨聲。

●

下午我回到書房聽雨看書，我媽不在家，八成又去打牌了。晚上胡亂煮了點東西吃，繼續看書，時間很快就過去。我本想等媽回來講幾句話再睡，但茶茶男孩一直催我趕快吃下膠囊就寢：「再不吃就來不及，前功盡棄了。」他不由分說把最後一個小玻璃瓶塞在我手裡，於是我打開瓶蓋，仰頭把膠囊吞下去，然後關燈上床，很快就進入深沉的睡眠。

不知過了多久，我在一種異樣的氛圍中醒來。房間內外一片漆黑，連窗子都沒有透進半點光線。這不正常，我們家雖然在郊外，但路燈和住宅照明還是很多，市區的亮光也會打在雲底反射下來，無論如何都不會完全黑暗。

難道是全島大停電？我想起一九九九年的七二九大停電，還有不到兩個月後九二一大地震造成的停電。那時天花板上的燈光忽然慢慢變弱，短暫恢復正常之後又瞬間熄滅，沒過多久就開始了伴隨地鳴的劇烈搖晃。我逃到院子裡，奇怪家人們都毫無反應，當時並不知道發生了巨大的災難，等情緒平靜下來，意外發現自己第一次看見整座山谷毫無人工照明的狀態，為此還覺得有些新奇。我甚至有幾分浪漫地想，阿公最初來到這個山谷時，夜裡看到的或許就是這樣自然的景象吧。

此刻我走到院子，天地間一片幽闃，那黑暗濃稠得像是可以一把抓住。沒有風，所有動物和昆蟲盡皆噤聲，連植物搖晃摩擦的聲響也沒有，一切完全靜止。

一片柔光忽然泛起，滿月從雲洞裡露面，把大地染上一層薄薄的霧銀。那是充滿魔力的月光，原始、魅惑、神秘，整座山谷頓時充滿原本用肉眼無法看見的野性，深邃而立體，林木深處隱隱蘊藏著某種力量。

我察覺院子的角落裡有人，嚇了一跳，仔細一看卻是茶茶男孩。他向我招了招手便逕自往後山走去，我趕緊快步跟上。腳下的階梯在月光下暗影分明，像是被銳利的刀鋒修飾過。

我們來到山腰上，茶茶男孩足不停步走進防空洞。裡面很暗，但我感覺自己的瞳孔

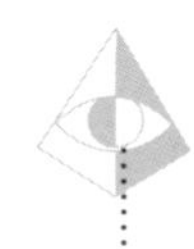

放大到跟貓一樣，隱約可以視物。仔細一看，原本六臺天鵝車不知怎麼只剩下兩臺，一黑一白彼此相對，脖頸交錯，好像時下流行的手比愛心，又讓人想起太極圖的陰陽雙魚。茶茶男孩跨進白色的天鵝裡坐下，指了指黑天鵝，我心想這跟白天的座位相反了，但仍默默坐進去。

就在坐下的瞬間，月光消失了，即便擁有貓的視覺也無法看見任何東西。我環顧左右，試著睜眼、閉眼，但完全沒有差別。

「來了。」茶茶男孩說。

一陣潮濕冰寒的空氣吹過，防空洞外霎時傳來轟然雨聲，瀑布般的超大豪雨猛然傾瀉。即便待在洞裡，還是有很多水珠冰冰刺刺地飄停在臉上。

我從來沒見識過這麼大的雨——除了嘉明湖的那一夜。防空洞兩邊入口發出淙淙水聲，雨勢竟大到漫進洞裡。我呼喚茶茶男孩，但雨聲掩蓋了一切。

重心忽然搖晃了一下，天鵝被水浮起，離開地面輕輕擺盪。洞裡水位越來越高，天鵝緩緩打轉，使我失去方向感。我用盡力氣連聲大喊茶茶，左邊忽然「碇」地一下碰撞，同時聽到茶茶男孩說：「要開始推了，不可以掉進水裡面喔！」

天鵝開始被水流推動，速度越來越快。防空洞明明只有二十公尺，但天鵝卻無窮無盡地往前漂，水流忽然一吸，天鵝轉下一道斜坡，激流泛舟般瘋狂俯衝。我害怕起來，卻也有莫名的樂觀興奮，抓緊天鵝脖子等待即將發生的事。

「嘩啦！」一陣水花四濺的衝擊之後，天鵝速度減緩下來，平穩地往前移動。遠處有些動靜，彷彿若有光，四周石壁慢慢露出影子，亮光逐漸變大，是個出口。洞外豁然開朗，夾岸都是繽紛的花樹。我回頭一看，茶茶男孩坐著白天鵝跟在後面。我興奮地對他說：「好漂亮，這麼多櫻花！」

「不是只有櫻花喔，也有梅花、桃花、李花和梨花。」茶茶男孩熟門熟路地說。我仔細一看，確實樹幹和花型各異，遠觀十分類似，但細節頗有不同。

過了樹林之後，水流更加趨緩，進入一片生滿浮萍的水域，放眼望去滿目青嫩。天鵝忽然「碇」一下擱淺在岸邊，茶茶男孩縱身而上，我才發現前面是草地，可是說也奇怪，我根本無法分辨浮萍和草地的界線。

茶茶男孩說：「掉進水裡就糟了，你跟我走。」

我踏步上岸，亦步亦趨跟著茶茶男孩。他走得很快，我幾乎追趕不上，絲毫不敢分心地盯著他的腳蹤。

不知走出多遠，後面忽然傳來小栩的聲音：「水裡有人！」

我正要回頭，小栩連忙說：「小心，你旁邊就是水了。」我停步一瞧，果然草坪和浮萍連綿不斷，難辨虛實。

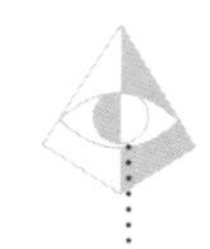

不遠處有個女性，像是被湧泉還是什麼力量推動，在水中載浮載沉。我蹲下來盡量往前伸，搆住她的手把她拉上岸。那女子二十五歲上下，原本應該是個很有活力的女性，此刻落水昏迷顯得有些狼狽。我壓了壓她的胃部，她吐出一口水，頓時清醒過來不斷咳嗽。我把她扶起來，幫她拍拍背部、按摩膻中穴順氣。

「謝謝你，這樣就可以了。」那女子吁了一口氣說。

「妳沒問題嗎？」

「我很好，你繼續往前走。」她堅持道。

我站起身來，發現茶茶男孩和小栩都不見了。地上出現兩條路，一條往左，一條往右，我自然而然往左邊走去，發現回到老家的院子裡。

不過這不是現在的老家，而是我小時候的老家。房子旁邊那棵後來被砍掉的龍眼樹還在，夏天我們小孩就在二樓陽臺直接摘龍眼吃，順手把外殼和果核丟到樓下。大片花圃也還沒被填平，種著白梅、桂花、含笑、龍柏、杜鵑和土芒果，底下還有小辣椒和地瓜葉，植物的搭配說沒邏輯還真沒邏輯，但充滿了隨興的生活感。水泥地上放著那兩架天鵝，我推了推，底下輪子依然滑順，跑起來碎隆碎隆響。

我想洗手，打開牆上的水龍頭卻沒有水流出來。一回頭時，洗衣間外的角落裡赫然出現一頭老虎。那是真正的野生猛虎，腿爪肥厚粗壯，孔武有勁又矯健如貓。牠一看到我就撲了過來，根本無從閃避。

就在老虎即將撲到我身上的瞬間，胖貓茶茶從屋裡飛奔而出，在老虎肚子上抓了一下。老虎怒吼一聲，震耳欲聾，對著胖貓茶茶一撲、一掀、一剪，茶茶俐落地縱躍閃躲，不斷在驚險中避開虎掌。我拿起擱在牆邊的鋁棒狠狠打在老虎頭上，牠一個翻身就僵倒在地。

我氣喘吁吁，正在疑心老虎應該沒有那麼容易打死，牠果然一躍而起，卻變成一隻兇獰的黑狗，一口往胖貓茶茶身上咬下。我大吃一驚，揮棒打倒黑狗，但胖貓茶茶已癱在地上毫無氣息。

「牠已經死掉了。」旁邊一個穿著米白色陳舊上衣的女生說，「被咬死了，真可憐。」

那女生年紀和我差不多，她是一個失心的人，靈魂荒蕪又空洞。院子裡那棵龍眼樹變成參天神木，樹心被蛀成一個巨大的樹洞，裡面囚禁著一個人。失心女就負責在這裡看守。

我對她有很深的親切感，而且知道她很信任我，我說的話對她具有某種催眠或指令的效果。於是我說：「沒關係。這附近有一個遊樂場，裡面有米老鼠雲霄飛車、搖滾輪跟鏡子迷宮，還有游泳池跟烤肉區，妳可以去那裡盡情的玩，每一種設施都要玩到。」

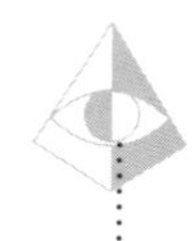

「好。」她聽了非常開心，如釋重負地離去。

我走進樹洞，地上長滿柔軟的草，抬頭一看，空心的樹幹像一架望遠鏡，上方的小口可以看見天空一角，星星一閃一閃。我環顧四週，角落裡果然有一個地穴，我要救的人就在那裡面。

地穴口架著一道木梯，我踩著梯級下去，老舊的木頭發出嘎吱嘎吱的聲音，腳底搖晃虛浮。好不容易下到盡頭，裡面是一個年深日久的生活空間，本來就很低矮狹窄，又堆滿了長年累積欠缺整理的雜物，中央僅存一道單人可過的通路。

房間的最深處似乎有個人影，但是看不清楚。

我試圖走進去，才踏出一步，忽然有一股寒意直透進心坎裡。我感到有生以來最大的恐懼，一種純粹至極的恐怖，沒有原因沒有來由，並非自外而來，而是從自己內心深處釋放的巨量恐怖。那恐懼沒有壓迫感，但像一種可以穿過身體的空氣把我整個浸透。

我幾乎無法承受，但還是又上前一步，這才發現剛剛看見的人影是一面鏡子中的自己，而整個房間四面八方都是大大小小的鏡子，用不同角度掛著，有的映出我側面半身，有的重複反射映出我的背影，許多鏡子只映出身體的一部分，像是後腦杓、鼻子、耳朵或胳肢窩，我詫異地發現自己的身體細節是如此陌生，第一時間甚至不敢確定這是不是我。

幾面比較大的鏡子彼此映照，成為鏡中鏡，也映出無數個重複的我。然而他們是不同的我，年齡、表情和神態都有細微的不同，每個人眼神觀望的方向也不一樣。我試著舉起手，所有的我都趕緊舉起手，我皺皺眉頭，所有人都跟著皺起眉頭，像是一群人在玩彼此模仿的遊戲，誰都不敢落後。

我上下左右掃過一面又一面鏡子，破碎又搖動的影像使我煩亂已極。一瞬間，我感到一種被窺視，乃至被獵捕者從暗處盯上的不祥之感。我小心翼翼地到處搜尋，終於發現那道充滿威脅的目光來自一面小得令人忽視的鏡片，它就在我前方視線略高處，單單映著我的左眼。

當我與那道目光正面相對時，每一面鏡子裡的眼睛全都看向我。我看著那隻左眼，無比專注地看。那瞳孔本身也像一面鏡子，又像一個深不見底的洞穴。而當我的意識完全集中到那洞穴裡，一回神間，所有的鏡像都不見了，四周也不再有任何鏡子的蹤影。原來我所在的地方，是我兒時的房間。

夢境在這裡結束，我發現這是一個夢，但也沒有完全醒來。我意識到正躺在自己的房間、自己的床上，面對牆壁側臥著。我知道背後的窗外快要天亮了，大雨持續下著，但沒有一點聲音。我始終沒有轉身，聲音忽然出來了，很像雨聲但不是，那是映像管電視無訊號時的嘈雜噪音，同時我的眼前出現一大片雪花雜訊。

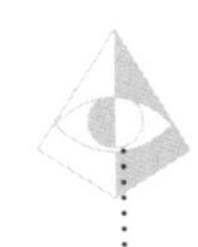

床墊倏然從裡側抬高，使我整個人快速地往後滑下。我還沒真的醒來，所以身體不能動，完全無法抵抗。滑動的速度極快，床單上的紋路迅速遠去，但身體又移動得很慢——時間變得無比自由而充滿彈性，我可以同時察覺外部的快速移動又在內心保持緩慢思索。

我很快滑到床邊，就要掉下去了。我知道床緣下面是深淵，那裡與我們現在身處的時空不同，嚴格來說沒有時間也沒有空間，那是另外一個不可知的世界。從我們的世界來看，進入那裡面的人，在這邊的肉身便是死去了。

我在床邊岌岌可危，身週的空間如邁向光速般難以想像地拉長，所有影像都變成不可思議的燦爛線條，煥發奇特光彩。我對這些光芒與線條並不排斥，覺得過去那邊也沒什麼不好。

在那裡個別的意識會消失，就像一滴水回歸大海，看似消融不見，其實水滴也在瞬間擁有了整座海洋。那裡是一切心智經驗的總合，存在著從最細微到最巨大的一切歡愉，因而無所謂歡愉。擁有一切恐怖，因而無所謂恐怖。全部的慾望都獲得滿足，慾望因而失去意義。那裡無悲無喜，全知也無知。那是超越的永恆。

但我不想去，至少現在還不想。

如此一念閃過，我又回到夢境裡，坐在一輛老派的豪華長途旅行火車上，車廂內裝採用木構，搭配暗綠色絨布沙發座椅，充滿復古風情。

火車在濱海的小山腰上行駛，山在右邊，海在左邊，窗口微微俯瞰著海面。我趴在窗臺上觀看，前方幽藍色海面上出現一團柔和的白光，朝陽剛剛從海中升起，露出白色半圓，四周柔和明亮。後面有一道黃褐色的砂岩山壁，被陽光照耀得質地細膩，空中放射出帶有虹影的數十道刺針狀光芒。

我淚流滿面，心中充滿哀傷。那不是令人痛苦難過的哀痛，而是可貴的美麗哀傷。我再也沒有顧忌地啜泣起來。

尾聲　我是誰的夢？

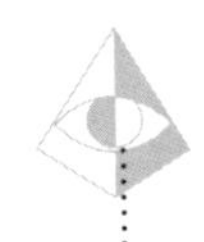

醒來時窗外鳥鳴一片，綠繡眼圓亮的啾啾聲此起彼落，牠們群聚在院子裡的一棵梅子樹上，很快地又整群飛去。天濛濛亮，太陽還沒出來，房間裡仍然幽暗。

腦中閃過一些夢境的片段，線頭一拉，後面全都出來了。不只是剛才的夢，還有這段期間賣掉的夢，毫無闕漏地重新回到我的記憶之中，而且完整鮮明，纖毫不差。

我無謂地找尋茶茶的身影，他當然不在——茶茶在好幾年前就被隔壁闖進來的黑狗咬死了。那天我媽通知我的時候，寵物安樂業者已經來把牠載走，所以我沒有看到牠最後一面。茶茶就這樣從我的生活中憑空消失，但也因此，我總覺得牠好像只是躲在什麼地方沒有出來而已。

我心念一動，霍然起身換好衣服，推開房門往後山去。一走進院子裡就強烈感覺這個世界有些不一樣，變得更加清晰而真實。賣夢那段期間，我好像被罩在一個玻璃罩裡面，和外界隔了一層。現在罩子掀開，連吸進肺裡的空氣也彷彿真實許多。

走到山腰上，防空洞裡黑沉沉地毫無動靜。我踏步走入，地面十分乾燥，鞋底踩踏時發出很堅實的聲音。六臺天鵝車停放在原本的地方，我打開手機上的照明光源仔細檢查，上面布滿灰塵，沒有被乘坐過或者移動過的痕跡。

走出洞外，曙色漸亮，山谷悠悠醒來，晨風透著寒意，但吹起來舒服極了。

我悄悄離開老家，開車返回住處。清晨的臺北街頭車流不多，從圓山上建國高架，

六、七分鐘就穿過整個市中心。我停好車往住處走，經過小公園時繞去土地公廟，廟門已經開了，四個爐裡都插著三炷香，悠悠飄著灰煙。

我對眾神明拜了三拜，探頭看看神桌底下，那尊虎爺不知什麼時候回來了，祂的造形樸拙可愛，身上披著一件簇新的紅布袍子，顯得相當神氣。

我雙手合十，低聲說：「喵哩喵氣喵嘎嘎。」

走出小廟，初昇的陽光照在公園樹群的冠頂上，抬頭只見層疊蓊鬱的枝葉，背後襯著深邃的天空，彷彿置身在一座森林裡似地。

我想見小栩。我真希望現在就在她的身邊，看著她的眼睛跟她說話。

我想告訴她，我做了一個很長的夢。

但也或許，這一切只是某個人的夢，一個在他醒來之後就了無痕跡的，短暫的夢。

文學叢書 587

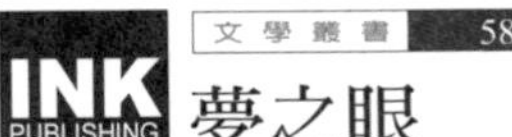

夢之眼

作　　者　朱和之
總 編 輯　初安民
責任編輯　林玟君
美術編輯　林麗華
校　　對　朱和之　林玟君

發 行 人　張書銘
出　　版　INK 印刻文學生活雜誌出版股份有限公司
新北市中和區建一路249號8樓
電話：02-22281626
傳真：02-22281598
e-mail：ink.book@msa.hinet.net
網　　址　舒讀網http：//www.sudu.cc

法律顧問　巨鼎博達法律事務所
施竣中律師
總 代 理　成陽出版股份有限公司
電話：03-3589000（代表號）
傳真：03-3556521
郵政劃撥　19785090 印刻文學生活雜誌出版股份有限公司
印　　刷　海王印刷事業股份有限公司

港澳總經銷　泛華發行代理有限公司
地　　址　香港新界將軍澳工業邨駿昌街7號2樓
電　　話　(852) 2798 2220
傳　　真　(852) 3181 3973
網　　址　www.gccd.com.hk

出版日期　2019 年 3 月
ISBN　978-986-387-278-8

定　價　330元

本書獲 NCAF 國|藝|會 創作補助

國家圖書館出版品預行編目資料

夢之眼／朱和之 著；
--初版, --新北市中和區： INK印刻文學，
2019. 03 面 ；14.8 × 21公分.（文學叢書；587）
ISBN 978-986-387-278-8（平裝）
857.7　　107023518